凝望霜红里的村庄

唐玉梅 ◎ 著

陕西新华出版
陕西旅游出版社

图书在版编目（CIP）数据

凝望霜红里的村庄 / 唐玉梅著 . — 西安 ：陕西旅游出版社，2024.3

ISBN 978-7-5418-4488-1

Ⅰ . ①凝… Ⅱ . ①唐… Ⅲ . ①散文集－中国－当代 Ⅳ . ① I267

中国版本图书馆 CIP 数据核字（2023）第 120379 号

凝望霜红里的村庄　　　　　　　　　　　　　唐玉梅　著

责任编辑：邓云贤

出版发行：陕西旅游出版社

　　　　　（西安市曲江新区登高路 1388 号　邮编：710061）

电　　话：029-85252285

经　　销：全国新华书店

印　　刷：三河市元兴印务有限公司

开　　本：660mm×960mm　　　1/16

印　　张：12.75

字　　数：174 千字

版　　次：2024 年 3 月　第 1 版

印　　次：2024 年 3 月　第 1 次印刷

书　　号：ISBN 978-7-5418-4488-1

定　　价：59.80 元

深林寂静。

当我独自一人置身于这片秋林之中,不见人语响,不闻鸟鸣声。林间的小麻雀无声而轻盈地低飞着,她们在阳光下振动的翅膀,化作琴键上跳动的音符。

我置身在林间,触手可及的是一片片霜叶。红叶灼灼,秋意正浓,淡红、深红、褐红,每一片都深藏着阳光和山水共同孕育出的独特气息。

闭上眼睛侧耳细听,四野细微的风声和鸟儿的呢喃,让人忘记自己来自何处,意欲何往。

在这一片片霜叶眼中,我是谁?

一刹那,仿佛有另一个自己置身于云端之上,俯视着林间的我。我和山野融为一体。在无垠的、浩渺的天地之间,我其实和一片叶子没有任何不同。

但我深知,不是每一片绿叶都能够拥有与一场深秋的霜寒不期而遇的机会,也不是每一个女子都有机会把这一时刻的感受记录下来,以文字的方式,呈现给现在阅读的你。

当春天的新绿在枝头绽放,当一片嫩芽感受到自然的气息时,她们会在蒙蒙细雨中微笑，会在皓月当空的夜晚感慨天际浩渺。乘风而至的鸟儿栖息在嫩芽的身旁，带来远处山岗的信息，带来云端深处的希望，在这儿自由、快乐地歌唱。

每一片叶子都是独一无二的，每一片叶子都有属于自己的生命，正是无数片这样的叶子共同组成了一个绿色的星球。在季节的轮回中，在生命的更迭中，她们中的许多或者葬身于动物之腹，或者过早地在一场狂风的袭击中掉落，又或者过早地失去生命。

但，总还有一些叶子，能够等到秋天的到来。进而倾尽全部的热情，用生命积蓄的所有能量，给这个世界带来一抹亮色。

置一片霜叶在掌心，微凉之感顺着指间传至全身，清新的草木气息扑面而来。仔细观察，它的叶脉很清晰，从叶柄向叶片延伸。她可能是这里最漂亮的、独一无二的霜叶。她曾在春天的阳光和微风中飞舞，在柔和的月光下窥探山野的秘密、倾听大地的心跳；也曾经过岁月的洗礼……每一片霜叶都曾经在漫长的岁月中克服过生存的种种艰辛，最后才能渲染出令人沉醉的霜红。

与一片霜叶相触，她成长过程中的沉默和坚持、冷静和隐忍、成熟和沉稳，与一个人的成长何其相似。宇宙苍茫，众生皆如微尘。"楚王台榭空山丘。"生命的刹那绽放与永久凋零，存在与消失，寂静与喧嚣，是否可以让肉体的尘世之累、情思之苦从一片霜叶的生命中，感悟出一份清醒和从容？

当我关注到枝头上一片秋日的霜叶，我长久地注视她的安静，感觉她的温凉，倾听她诉说自己的过往……因此，我每每看见一片普通的树叶、一块简单的石头，即使是一丛荆棘，也有着独有的从容气质。

她们比人类更早地拥有这颗星球。我欣赏一片霜叶胜过爱那些流传了千古的诗词，我爱一缕山野的清风胜过爱那些雕栏玉砌的楼阁……即使是一片凋零的霜叶，也曾有过挺立在寒霜中的风骨和傲气，她从不担心自己会"红颜薄命"，或人微言轻。她亲吻过山林自由奔跑的风，沐浴过黑夜里肆意撒欢的雨，享受过土地赐予的无畏和从容。她从来不屑于去揣测人心。

我对此深信不疑。

阴晴圆缺，悲欢离合，霜叶与我在时光里皆是过客。但正因如此，霜叶才努力点缀出一个比春天更色彩绚丽的秋天。

和一片霜叶一样，我爱着乡村田野的广袤和生机，爱着故乡草木的纯净气息，爱着鸟儿的灵动之气和清脆鸣叫。

每一片霜叶都深藏着岁月的秘密，她们经历过春寒料峭、夏日暴雨；她们蕴藏着生命赋予的所有力量；她们坚持着生命独特的底色。每一寸光阴，都曾经在每一片霜叶的肌肤上留下自己的温度。

鸟儿从林间飞过，空中不会留下鸟儿飞翔的印迹，但这些霜叶会记得每一只路过她身旁的鸟儿，记得那些在阳光中飞翔而过的身影。

假如我的生命，能被光阴打造成一片霜叶，把青春和故事都交给大地，收获成熟和智慧，典雅和豁达，而且能够像一片霜叶那样，保持坦然和从容的姿态，何其有幸。我虽深深明白生命逝去的无奈，岁月流逝的无情，但仍等待生命之花静然绽放……

每一片霜叶，都深藏着生命至死不渝的美好信念；我们对这个风雨和阳光同在的世界充满了深爱和期待。

一叶霜红，四海知秋。白露积素光，我相信在远方，在岁月未晚的时候，因着我们彼此对自然生命和清新空气的相同偏爱，或迟或早地相遇在某处，并结伴行走在秋意正浓的美好林间。相同的清风、寒流、霏霏雨雪，以及晶莹的晨露都与我们息息相关。

也因此，真诚地诉说和书写我的所见所感，我认为是值得的。

以为序。

目录
CONTENTS

第一辑
却顾所来径

003　那一场年少时的大雪

009　当文学的种子在校园里发芽

014　梦随侠客枕畔行

019　我的故乡我的根

041　永难相识的大河

054　缁衣蹒跚的乡村

目录
CONTENTS

第二辑
陟彼南山

073　门前的竹

075　譬如紫薇

081　夜来香

083　看彼岸的石如莲花盛开

085　燕栖湖：在米酒浓香的柔波里沉醉

088　熨斗古镇，还有多少是我没有触摸过的从容

090　南羊山：寂寞让你如此美丽

094　别梦依稀桥儿沟

098　麦溪的树

100　春在杏花梢

103　秋天

105　疏雨半帘如梦

108　疏枝横玉瘦

112　月饼·月饼

115　那只叫黑黑的小狗

第三辑
灯火阑珊处

121　烟火徐来的家，是人间最暖的守候
128　除夕的那一锅饺子
136　当时只当是寻常
140　夏日的一些片段
144　我的平底鞋情结
146　风筝
148　蓦然回首，那校园依然灯火阑珊
150　熬至滴水成珠
153　也说"伯爵在城堡"
　　　——读《站在两个世界的边缘》有感
157　十字路口
160　冬日里的恋恋红装
164　鱼想你
167　乡下的鱼
170　瀛湖问鱼
175　钉钉在线，我师我行
178　"蓁园"的植物图谱
　　　——我和新式教育的故事
188　因为我对这片土地爱得深沉

后记　191　和那些村庄的树们站在一起

第一辑

却顾所来径

那一场年少时的大雪

那年我十岁，在众多的姐妹中，我是最不讨喜的一个：皮肤黑，身体瘦弱，性格自卑且木讷。母亲只要提起我来，总要叹气，仿佛在忧心我能否活到成人。家的四周都是山，一条羊肠小路高低起伏着，沿着陡峭的山壁远远地伸出去，几座山后的乡村小学，是我能够去的最远的地方。

平素都是和姐姐们吃过早饭一起去上学，因为有她们，所以即便是远远地落在她们后面，也并不觉得孤单。总之，这是一条熟悉的小路，我知道哪一处的石头是需要手脚并用才能攀爬过去，哪一处的岩石必须抓住旁边的树根才可以落脚，哪一处的岩壁是要把身体紧紧地贴在旁边的草上才能侧身过去……就算是下雨，也没什么好担心的，对于一个在山里长大的孩子来说，攀爬岩石和穿越荆棘丛生的山坡是每日必需要做的功课，身体的平衡和手脚的协调仿佛与生俱来。

那年的冬天仿佛来得特别早，早在九月份我跟在父亲身后种麦的时候，雪花就开始纷飞。山里背阴的地方，一场雪还没开始融化，接着又是另一场雪。等到期末考试的前两天，大雪铺天盖地地又落下来，厚重的雪花把隔壁人家用草垛覆盖的牛圈都压倒了。晚饭的时候雪还在下，父亲问我要不要参加明天的期末考试？我没有意识到父亲这样问的含义，低着头毫不犹豫地说："去啊，既然是考试，怎么能不去？"

我当时就读于学校复式班三年级。复式班就是小学三年级和一年级在一个教室里上课。因为哥哥和姐姐马上小学毕业了，要去相反方向的镇中心学校参加乡里的升学考试，但我们村里还有三个小孩是和我同班的，因此我并不担心，这就意味着，明天和我结伴上学的会有四个人。

晚饭后，母亲郑重其事地取出自己平时舍不得穿的皮靴，那是父亲在大连参军时从当地给母亲买回来的新年礼物。我把脚放进母亲的皮靴里，太大了。于是母亲取来一块布，把我的脚反复地包裹起来，裹得像一个粽子似的。接着父亲又拿来草绳在鞋子外面绑了几道用以防滑，然后让我穿上靴子在外面的雪地踩了几个来回，但他还是不放心，想了想，又去阁楼找来一根结实的棍子让我拄着。第一次被这般庄重地装扮起来，我的心里对第二天的考试充满了前所未有的期待。

第二天早上起来开门，我使了很大劲后门还是推不开，原来雪已经堆了差不多两尺厚了！连父亲也惊叹，活了半辈子，这么大的雪可真是第一次见。母亲站在院子里，大声呼喊同村另外三个同学一起去考试，可是她们居然都说，雪下得太大了，不去考试了，大不了下学期再读一次三年级。于是父亲又问我还要不要参加期末考试，我看着昨天母亲为我准备好的皮靴，犹豫了一会儿说："我还是去吧！"

这就意味着，今天只有我一个人穿越大雪覆盖的茫茫山野。

于是，在母亲的注视下，我独自迈向了朝学校去的路，一开步，我的双腿就深深地陷进雪里，这真是有趣！但也意味着我的每一步都无比艰难。沉重的高筒皮靴，虽然使我的双脚免于受冷，但也加重了前行的难度。事实证明，棍子是十分必要的，靴子上绑着的草绳反而是个累赘，但我也毫无办法，因为父亲绑得十分牢固，我根本解不开。

真的是一步一个深深的脚印！那些平时看起来高低起伏的岩石这时都连成一片的雪堆，有些地方的草径平素本就仅容一人走过，现在被积雪覆盖着和陡峭的山岩连为一体，走每一步我都必须用木棍探路，然后再伸出一只脚小心地踏稳，接着另一只脚跟上。有时候还不得不先用木棍敲掉路旁斜伸的树枝上的积雪，然后放下木棍，用双手抓住树枝。摔倒，爬起，四处没有一个人，小小的我，仿佛深陷在雪白天地间的一只小小的爬行动物。时间也仿佛停滞了，世界一片寂静，山林间连一只觅食的鸟儿也没有。

偌大的世界只有我。我只有一个信念：我必须穿过积雪厚重的羊肠草径，去参加学校的两场考试——语文和数学。一直以来，我的成绩并不理想，但就算我考得一塌糊涂，我也必须进行这次检测，让自己对自己这一学期的学习情况有一个总结，也让父母对我一学期的学习情况有一个了解。

不一会儿，我的双手变得通红，麻木。然后，又因为紧张和辛苦地攀爬、行走，我的脊背开始出汗，双脚也变得无比沉重，但我不敢停下来休息，我怕考试迟到。

唉，怎么整个山里没有一个人！我多么希望这个时候，有一个人出现在我的视野里。要是我有一条狗就好了，起码我不会感觉我是独自一人。我小小的心，第一次被一种莫名的感觉揪住，那种感觉，既不是恐惧，也不是孤独，更不是焦虑和忧伤，我第一次意识到一种来自我小小的内心深处的力量：我一定能够完全凭借我自己的力量，专注于脚下，一步步向前，并按时到达考场。

摔倒，爬起来，再摔倒，再爬起来，每一次摔倒，都意味着离学校更近一步。小小的我，第一次被一种叫作拼搏的精神感染并突然意识到来自我内心深处觉醒的力量。它仿佛一束光，强烈地让我突破那个一直以来自卑且平庸的自我。那一刻，我仿佛突然充满了自信和力量！我的身心与整个天地相呼应，那一刻，整个世界仿佛都是属于我的。我感觉到自己的心跳，但又感觉到我的灵魂和肉体同时不再存在于无尽的时空。天地一片澄清，大地辽阔，苍穹高远，浩风千古，没有什么事情是难以面对的，没有事情是不能克服的，我唯一要做的就是专注于当下的努力，持续努力向前，不断靠近前方的目标。摔倒，爬起来，再摔倒，再爬起，努力、专心致志地向前。这一刻，我明白我只有自己，我只能靠自己，这个时候，任何外来的力量和帮助对我而言都是奢望，也仿佛是一种打扰。我的心里有一种蓬勃的力量持久地迸发，它给我一种坚定的信念。我，一个刚满十岁的瘦弱女孩，在积雪厚重的旷野，一定能够翻越生命中从未独自翻越的山岩和绝壁，无论最后成绩好坏，我都无悔此行。

我开始在心里暗暗嘲笑那三个同村的同学。

看起来仿佛难以到达的目标越来越近，我终于看到半山腰的学校了。此时的学校像一个巨大的、雪白的蘑菇，憨态可掬地等着我。

当我连滚带爬地来到学校时，看到校长正站在大门口张望着我来时的路，看见我，校长急忙笑呵呵地跑过来接过我的书包，我不明白为什么校长会如此隆重地迎接我，他的眼里流露出难以掩饰的慈爱和赞赏。

原来每个教室的门都开着，可是居然没有一个学生来参加考试。校长直接把我带到他的办公室，给我倒了一杯热水，说："今天全校只有你一个人按时来参加考试，你就在这里答题吧！"于是我就趴在校长的办公桌上开始我一个人的考试。学校一共有三个老师，他们都坐在火盆边安静地烤火，看着我一个人答题。

那一年的期末考试，全校只有我一个人有成绩。当校长在开学的大会上宣布这一结果时，我感觉到全校同学向我投来的目光。

一个全新的生命就从那一场大雪开始。

从那一刻起，我开始认识到自己内心深处深藏着的另一个自己，它永远独立地存在于我的内心深处，不时地提醒我，不放弃、不气馁，永远要有摔倒后再次爬起来的勇气和信心。因为一个人，除了他自己愿意倒下、认怂，没有谁能够轻易地让他倒下，"你可以毁灭我，但绝不可能打败我"。那天后，我不再需要每次跟随在姐姐们的身后。后来我离开她们独自去读初中，然后离开初中同学去读高中，再然后，一个人去更远的地方读大学。

再后来，在成长过程中的很多时候，当我面临情绪上难以自制的绝望和痛楚时，我都会让自己忆起那一场年少时的独行，向那个敏感、脆弱、自卑、孤单的自己长时间地注视，向着那个迷失在幽暗深处的自己伸出拥抱的双臂。对我来说，什么才是更重要的？最坏的结果究竟是什么？什么是我必须面对的前方？什么是我一定要努力抵达的目标？我努力前行的初心究竟是什么？我到底还有没有力气去独自面对强大的世俗目光、流言以及他人的非议？我是不是真的需要将自我的安全感建立在他人的认可之上，并为此深陷于日常的琐碎中？我还有没有力量独自穿越凛冽的风雪，穿越生命中昏暗的黑夜，永远保持一颗对尘世的热爱和感恩的心……

那一场年少时的经历一再地给出答案……

当文学的种子在校园里发芽

操场上白雪飘飘。教室里关着一群急切等待着下课的少年，他们想要去操场上奔跑、打雪仗。

年轻的语文老师看着一个个心不在焉的孩子，知道这一节课是没有办法进行常规的语文阅读教学了。她拿起笔在黑板上写下一首诗：

人生到处知何似，应似飞鸿踏雪泥。

泥上偶然留指爪，鸿飞那复计东西。

然后，她望着窗外的白雪，用一种特别抒情的语调，轻声朗诵起来，如涓涓细流般的语言，让孩子们突然安静下来。但是语文老师却没有和往常一样按部就班地讲解这首古诗的意境和写作手法，而是伤感地问大家："如果，有一天，你们已经白发苍苍，独自走在白雪飘飘的山路上，放眼望去四周一片苍茫。

时空穿越，你和现在的自己迎面相遇，鬓发斑白的你最想对面前年少的自己说一句什么话呢？如果你所说的那句话能够打动在座的同学，你就可以去操场看雪。你所说的话必须发自内心，是自己独立思考的，不能复制他人的话语，也不能和别的同学商量。"

教室里一下鸦雀无声。我早已忘记了最后是哪些同学获准去操场，但是少年的心里突然被一种时光飞逝、流年不再的感觉紧紧攫住。等到教室里大家不再出声的时候，年轻的语文老师开始用女性独有的语气朗诵起席慕蓉的一首诗歌：

我曾踏月而来 / 只因你在山中 / 山风拂发　拂颈　拂裸露的肩膀 / 而月光衣我以华裳 / 月光衣我以华裳 / 林间有新绿似我青春模样 / 青春透明如醇酒　可饮　可尽　可别离 / 但终我俩多少物换星移的韶华 / 却总不能将它忘记 / 更不能忘记的是那一轮月 / 照了长城　照了洞庭　而又在那夜　照进山林 / 从此　悲哀粉碎 / 化作无数的音容笑貌 / 在四月的夜里　袭我以郁香 / 袭我以次次春回的怅惘

我们当时并不知道这是席慕蓉的诗歌，也不十分明白这首诗歌的含义，但是年少的我们就是被诗歌里出现的那些特殊的意象、那种特别的韵味而俘获，我们沉浸在一种对文学的虔诚之中。后来学校成立文学社团的时候，我们全班都要求加入，为了拥有加入文学社团的资格，我们被要求背诵随机抽签的诗词，并现场完成一篇话题作文。那一段时间，我们疯狂地爱上语文课，因为文学。

我们不知道，我们的语文老师已经在不经意间，把一颗文学的种子悄悄地种在我们的心里。如果按照教学进度和教学目标的考核标准，她这一节课该有多么失败，但是，她却如此成功地将文学美好的想象、浪漫的情怀、抚慰心灵的能力、文字的韵律之美根植于年少的我们的心里。

后来，老师把我们文学社成员的部分文章筛选出来发给报社参加征文活动。文学社团的选稿和最终成为铅字的荣誉激励着我们进行写作。那一次征文的选稿，对我们来说，不仅仅是一次赛事、一个奖项，更是我们人生经历中难以忘怀的一次经历。对文学的那一份专注，使我们对语文课外阅读如饥似渴，因为我们想要用更丰富的语言和故事来充实我们的文章。

我们的语文学习不知不觉地延伸到课外，阅读成为我们的一种主动需要，并最终成为我们生命中日常生活的一部分。

校园是属于少年生活的主要舞台。对每一个拥有文学写作欲望的成年人来说，无论他最终是否会成为作家，文学经验的最初启蒙，少年生活书写和表达的最初经验，对语言的掌握和审美素养的敏感性，都和曾经的语文学习密不可分。而教育的最高境界，又在于唤起自省自励。让语文学习去功利化，让语文课堂回归到语言欣赏和表达的最初，而不是僵硬的"应试"背景下对字词急功近利的识记和背诵，对文学语言的机械切割和语法分析。好的文学作品，孩子读一遍，可以感觉文从字顺、字字珠玑；孩子读两遍，可以体会意味隽永、意境壮阔；孩子读三遍，可以参悟人生真谛。读到的是文字，反观的是内心，由自读自悟中得到感悟或总结出经验，不能够通过任何解说和他人的说教获得这些。

殊不知，曾几何时，一些语文课堂的机械背诵和默写，扼杀了无数个少年儿童对于阅读的热爱。每当我听到有孩子说他讨厌语文课的背诵，害怕作文课的"假大空"和考场作文的"套路"时，我就为此心生悲哀。校园的语文教学究竟要培养孩子们什么样的语文素养？一个中国孩子，经过十多年的学习，终究要形成什么样的价值观，什么样的文化审美，获取什么样的阅读经验，最终达到什么样的语言表达水平，拥有什么样的人文情怀？应该成为每一位教师思考的问题。

新冠疫情暴发时，日本民间捐赠物资上书写着"山川异域，风月同天""岂曰无衣，与子同裳""青山一道同云雨，明月何曾是两乡""辽河雪融，富山花开；同气连枝，共盼春来"，我们感受到了中国文字震撼心灵的力量。校园是培养人才的摇篮，是播种希望的土壤，校园文学是未来中国文学的根基。如果我们期望中国的未来，拥有真正意义上的文化自信，拥有优秀的讲述中国故事、表达中国声音的新生力量，我们就应该尽我们所能，帮助这些校园里的文学少年，帮助他们在困境面前突围。

当我们开始谈论校园文学时，当我们的目光投向那些校园文学社刊时，当我们开始思考校园基础语文的阅读和教学方式时，我们对校园文学的帮助才刚刚开始。

梦随侠客枕畔行

朋友们加微信时看见我的个性签名"唯书有色，艳于西子，唯文有华，胜于百卉"，总是问我，为什么是这句话呢？

我总是笑而不语。

二十年前的一天，当我从市中心医院四楼机械地走到楼下，站在刺目的阳光下，面对着花园里盛开的芍药，我感觉自己的灵魂离开了自己的身体，我觉得整个世界都是虚幻的，我自己不是身处在真实的时空里，我是在梦里。

就在刚才，在医生办公室，一位五十多岁的医生语气温和、措辞委婉地指着 X 光片告诉我："你母亲这种症状，病灶在胰腺上，疑似……"

他停顿了片刻，指着诊断证明上的一个英文符号 Ca，望着我说："如果保守治疗，一般会有三个月的时间……"

我根本无法专注地听明白他后面所说的话，我只是机械而礼貌地点头，仿佛他所说的不是事关我母亲的事，而是另一个不相关人的。

我不知道该如何确定自己是在真实的情景中，还是在梦中，我用指甲狠狠地掐自己的胳膊，疼，是真的很疼。

然后是一段特别艰难的时光。每一个场景我都仿佛有一种置身于梦中的感觉。我穿过川流不息的人群去街对面的饭店给母亲买粥，她只能勉强喝下一些稀粥……再后来，她离开，托体同山阿。我无法入睡，半梦半醒中总是梦见她打开门去一个很远的亲戚家，我在雨里、雾里、泥泞的山路上独自等待她归来，夜幕降临，四野无声……眼泪，追悔，昏沉的白天和黑夜……我曾经那样理所当然地以为，做妈妈的，不会这样不辞而别……

接着，是漫长的雨季，天渐凉、渐冷，我去阁楼翻找她留下来的一些旧衣被，阁楼里摆放着许多杂志、破旧的故事书、小时候的作文本。然后，我翻出一本封皮残破不堪的《天龙八部》。

在昏暗的阁楼中，我翻开这本曾经囫囵吞枣读过的小说。从北国大漠到江南水乡，从华山绝顶到蒙古草原，名山大川、荆湘美景、边疆风光、大理山水、雪域高原、闽粤天地、域外孤岛……一个色彩缤纷、超然物外的传奇世界在我面前打开。顾盼间乾坤倒转，霎时沧海桑田，千里茫茫若梦，烛畔鬓云有旧盟，桃花影落，碧海潮生。天山鸟飞绝，故人两相忘。沐春风，惹一身红尘；望秋月，化半缕轻烟，红颜弹指老，刹那芳华逝。塞上牛羊空许约，莽苍踏雪行……

我在黑夜的包围之中仿佛顿悟了，尘世的苦痛都是注定的宿命，平凡如我辈，每一个生命都是向死而生。故事里段誉痴恋于神仙姐姐王语嫣，虚竹痴情于心中的佛法理想，慕容复如他父亲一样痴迷于复国大业，段延庆痴醉于大理段氏的皇位……当读到乔峰怀抱死去的阿朱在雷雨之中狂奔，说着"列国四海，千秋万载，便只这么一个阿朱"时，我不禁感慨：世上哪有不痴人，世间哪有如意事？

不知不觉间，我的眼泪不知道怎么就喷涌而出，寂寞的时光，无言的伤痛，年少不谙世事的轻狂……红尘陌上，谁不是尘间摆渡人，我仿佛已不在尘世间。一切皆为空，物我两忘，仰望日月任无常，山门四方雪茫茫。故事里的人布施、持戒、忍辱、精进、禅定、般若。我的疼痛仿佛随着乔峰的离开而消解了许多，关掉灯，一片漆黑，我一个人在黑暗中坐了很久。等到我的眼睛在漆黑的夜里适应后，我沿着木梯一步一步走下来，我知道我已然得到了治愈，我再也不用刻意回避记忆里一次次不经意浮现出的母亲的样子。

年少时读书成痴，且生性木讷，不善言辞，母亲每每看见我吃饭时细嚼慢咽的样子都要摇头叹气，总是蹙着眉头说："看这'书呆子'老好儿（方言，忠厚老实）的样子，长大出嫁了，还不得让婆家人欺负死呀。"我当时极不爱听她这样说，总是以为她不喜欢我，现在想起来，那是一个母亲对于性情软弱的女儿爱到极致的担忧呀。

有一次，我读《杨家将》正读得出神，母亲在厨房叫我去门前的菜地里拔些小白菜回来煮汤，我迷迷糊糊地应了，来到菜地里，只见一地碧绿的蔬菜，记不得母亲叫我来拔什么菜了，况且对于白菜、菠菜、小油菜什么的，我向来都没有仔细瞧过，哪里分辨得出？于是心想反正都是蔬菜，随便拔些吧，就拔了一大捧回家，母亲一看又好气又好笑，原来我拔的是父亲刚分秧栽的用来长菜籽打油的油菜苗。自此母亲就把我这件事作为反面教材，用来警示姐姐哥哥们："书呆子"死读书之害。

暑假里舅舅来家里做客的时候，母亲又叹着气说给舅舅听，不料作为校长的舅舅却对我大加赞赏："一个小孩子，读书能读到这种专心的境界，那是作为学生非常重要的品质呀，是难能可贵的呀。"于是在开学的全校升旗大会上，竟然把我当作好学生专心读书的例子来表扬，一时间乡人皆知。

尘海茫茫，世事无常。生命里若有那么几本能让你沉醉其中的书，该是一件多么值得庆幸的事。一书在手，乐以忘忧，胜却人间无数。

就在昨天得知，我前几天刚刚见过一面的朋友身体出现了很大的状况，住进 ICU 进行透析化疗。每个人的一生都会遇见这样那样的艰难：亲人陷入病痛而你无能为力，深爱的人对你的付出置若罔闻，工作中受到排挤和误解，遭遇一段无法示人的隐秘伤痛……在那一刻，你想要遁世的念头会非常强烈，你需要一个逃离的出口。一本书，可能在那一瞬间成为你逃离迷境的出口。

年岁渐长，越来越觉出生命中孤独的味道，同时却再也不愿意刻意地去迎合他人，能够在一起愉快聊天的朋友好像也越来越少。我喜欢把自己的空暇时间交给一本书，寄身在一个个精彩的故事里，在他人的苦难和幸福中感知生命的快乐和伤痛，静下心来阅读，深深地沉浸其中。不同的书就像不同形式的住处，你只需要将自己安静地、完整地交还给时间本身，在里面独自待着，它便体贴入微地包容你所有的情绪，让你的整个心神安静下来。它永远不会伤害你，不会嘲笑你，不会在你最脆弱的时候乘虚而入，对你反戈一击，只会让你的身心获得"出离"的超脱，哪怕是短暂的一两个小时，也足以给你抚慰。

从懵懂少年到不惑之年，金庸的系列小说一直都陪在我枕畔。封面如玉旧相识，斗转星移，那些在江湖上仗义行侠的高手和隐士们的灵魂仿佛已然融入我的灵魂深处，在我需要的时候，他们就会从我的记忆里走出来，给我源源不断的力量。

我的故乡我的根

根是地下的枝，枝是空中的根。

　　　　　　　　——《飞鸟集》

（一）

　　我是个不爱说话的人，可是每当我说起我的故乡，说起故乡的那个乡村，我便有说不完的话。当我说起故乡的好的时候，我便是藏也藏不住地笑，是一种发自内心深处的、只可意会的、欣欣然的微笑；当我和人说起故乡的坏的时候，我便止不住地要叹息，欲言又止，斟词酌句，轻描淡写，要把故乡那种真正存在的、令我痛心疾首的丑陋和坏轻轻地掩住，这样说到最后，听的人就还是觉得我的故乡很好。

　　可是我要在心里摇头了，我心里的那个真实的故乡，我怎么和你说呢？除非是我小时候一起光屁股长大的伙伴，或者是和我一样曾经在陕南的山林里放过牛羊、吃过陕南年夜饭的老乡，否则你又怎么会真的知道我的故乡是个什么样子呢？但是假如你是我儿时的伙伴，或是和我一样在陕南山林里放过牛羊的老乡，我又何必和你说起我们共同的故乡呢？我们的故乡啊，它是长在我们心里，根植在我们的灵魂和思想里的，我们对望时的眼神，我们开口时的乡音，就告诉了彼此我们要讲述的内容和秘密。

但还是让我先说一说我的故乡吧，谁让我已经向你提起了这个话题呢？

我的故乡在秦岭、巴山护佑的陕南安康一个非常普通的地方——汉江北三十余里将军山脚下的唐家湾村。每到清明的时候，我的父亲便会打电话给我，提醒我回家给唐家的祖坟上香烧纸。据说我的祖先是在明朝成化年间从湖北麻城孝感一带移民来到陕南的。

想当初，我的祖先单枪匹马、赤手空拳背一口铁锅来到现在将军山附近，看这里地广人稀，无人耕种，便决定在此安家落户，砍树搭棚，垒锅烧火，垦荒耕作。不知道他们是否想过几百年之后，自己所繁衍的后代能够遍布整个乡村乃至走向中国的大江南北。五百多年前，当他们在这片土地上凝神眺望，开始构思建造一间草棚时，他们的眼里可有继往开来的使命感和强烈的责任感？他们的心里可曾浮现出后代人在岁月中延续下去的景象？我读小学和中学时，班上几乎所有的孩子都姓唐，且同宗同族，以至于一个班级有数个唐德军、唐德龙这样的名字。这种情况令老师为难，按个子的高矮又分别区分他们为大唐德军，小唐德军等。五百年来，无论他们的后代后来居住在何地，搬到世界的哪里，也无论经过怎样的动荡和颠沛流离，后代人都始终坚持他们最初的宗族排行。这是唐家祖先最伟大的"预谋"和书写的最宏伟的开篇吗？他们有没有想过，他们定居于此的决定，从此决定了他们的后代在这片土地上必然的命运和生存方式。他们有没有想过，他们从此便成为一粒种子在这片土地上生根发芽，延续自然而蓬勃的生命传奇。他们的后代将会以此血脉为最初的传承，盘根错节地不断向着时间的纵深伸展，不断延续，直至现在。他们可曾想过在他们的后代中会有一个女子，站在他们曾经开垦过的土地上沉思、感慨、遐想。

是他们在陕南的这片土地上种下了一种叫作"家族"的植物，它们从此在这片土地上生根发芽、繁衍生息。它们还在这个家族所有后代人的心里生长出一种情感的藤蔓，它们就像时间序列中的族谱一样，在空间和时间上，书写下一个家族的秘密，也书写着属于这片土地的秘密和传奇。

我的根在这片土地上。

在梦里、在现实中，我曾经无数次地踏上这片土地。站在这片我的祖先们曾经挥洒过无数汗水和泪水的土地上，我的耳边仿佛还响着他们曾经抛洒在这片土地的哭泣声和大笑声。我在这片土地的每一处流连忘返，在这片土地我所熟悉的无数阡陌中徜徉徘徊。远处青山如屏，近处绿草如茵，树林的枝叶浓密，阳光透过树叶洒在草地的间隙里、溪流的波光里。我眼里的景象简直像是一幅自然天成的油画铺展在我的面前，我在这油画上仔细查看、触摸，感知油画上如梦如幻的色彩和气息，感知它熟悉又令我陌生的安静和清凉。这是我的故乡啊，这是生了我、养了我，让我无数次因为它流泪叹息，又因为它而痛苦挣扎的故乡啊！哪一处的柿子树曾经是我攀爬过？哪一处的火棘曾经刺伤过我稚嫩的胳膊？我脚下的沙石，你们还记不记得那个曾经幼小的女孩蹒跚着、哭泣着爬过你们身体的模样？回到这里，我仿佛回到自己无数次重复做过的梦里，我的脚步不是在行走，而是在轻轻地触摸了，轻轻地触摸这些曾经在我梦里反复出现的那些遥远而迷离的岁月。

这里是我的故乡，这里是我的根，我是从故乡的根里生长出的无数个枝条中最不起眼的一枝，无数片叶子中最微不足道的一片。我每一次伸向广阔天空的绿色枝条都离不开故乡的根的滋养，我每一缕细小的经脉里都流淌着故乡的根输送的营养。

你看见过一棵树的根吗？你知道根有多么柔软，有多么坚韧吗？你见过一棵树生长在地下的根吗？那些密密麻麻的根须蕴含着一棵树最本真的汁液，有的苦涩，有的甜蜜……每一缕根须都是那么柔韧，但是根又是坚硬的，一棵树的根，即使是最尖锐的镰刀也砍不断，它们和所生存的环境有紧密联系，它们在石峰的间隙里努力伸展，延伸向更深的大地深处，攫取枝叶和生命所需要的营养。

只要根不死，它就会在春天给世界一个惊喜。根是生命藏在地下的秘密，根是绿荫隐匿在灵魂深处的疼痛和甜蜜，根是枝叶存在并伸展的保证，是枝叶能够招摇和骄傲的基础。然而根又是丑陋的，它如同母亲在生产和孕育的自然过程中无法避免的妊娠纹一样丑陋、交错，没有整齐的规律可言，然而根的绝美却正是由于它的盘根错节。艺术家们说最完美、最珍贵的根雕是老树在地下历经岁月沧桑而自然形成的根，从土地深处完整、毫无损伤地拿出，再经过风干、打磨和抛光，保持着根最本质、最天然的状态，基本上无须雕琢。那些根在黑暗而坚硬的地下努力挣扎，在长久的磨砺中造成的在空间上的变化和丰富的层次感、沧桑感，视觉上给人以强烈的冲击感，正是根的魅力所在。

所以我不得不说我的故乡是我的根。这个根和我的血缘，和我的童年，和我成长的岁月完美契合。我不敢想象假如有一天我没有了这样的一个故乡，我会怎么样呢？若是没有了故乡，我便一定如同一片叶子没有了根，就该是一个无比凄楚、悲怆的天涯断肠人了吧。简直不敢想了，幸好我的故乡还好好地在那里。

（二）

从安康市城区汉江北岸坐汽车，沿新修的通村水泥盘山公路向北行驶不到 20 分钟，就来到我的故乡将军山。据我们家族里年岁最长、肚子里墨水最多的六爷讲，将军山原先是不叫将军山的，而叫五台山，说起来，还有一段荡气回肠的故事。

六爷说，将军山原来之所以叫五台山，是因为山高坡陡，远看一层石坡接一层石坡，形成五个石台，五行里"金木水火土"占全了。清嘉庆年间，白莲教在将军山占山为王，清兵屡剿不灭，皇上又命令陕西巡抚秦承恩亲自带兵前来剿匪。皇命难违，秦承恩率领两万余众前往安康县江北，安下营寨，就去庙里求签，想占一卦，但卦文说得语焉不详，秦承恩看得糊里糊涂。一天，有一个和尚到秦承恩的兵营化缘，问秦承恩：

"将军可是求了一个难解的卦文？"

秦承恩觉得遇上了高人，急忙请那和尚上座并奉茶。那和尚就告诉秦承恩："五台山五行俱全，'金木水火土'无一能克，所以无论谁来，无论何种方法，都会失败而归。但是皇上为人王，金口玉言，要是把五台山改名为将军山，则将军焉有不胜之理？"

于是秦承恩派人飞马禀告皇上，奏请皇上说要他剿灭白莲教可以，但是必须把五台山更名为将军山。皇上一听这个好办啊："准奏！"于是五台山从此就叫将军山了。

冬月初二夜，天降大雪，积雪厚得能把人活埋，早上推门推不开，积雪在门口堆得老高，都快挨着房檐了。三更后，陕西巡抚秦承恩，军都司巴燕孟克、肖福禄等带兵两万余人，趁大雪漫天，由将军山后路攀缘而上。兴安知府叶文麟，县丞谢国桢、赵迁麟带乡勇无数，亦尾随而进。清军四处放话，凡捉拿白莲教教众一人者赏银二两，捉两人者赏银六两。一时间大家纷纷捉拿白莲教教众，杀声震天，漫天炮火，将军山上的白莲教终被剿灭，将军山的百姓自此过上了平静的生活。

（三）

既然说到了六爷，那我就讲讲六爷的故事吧。

我的太爷唐金文有六个儿子，也就是说我的爷爷有弟兄六个。六爷是我爷爷最小的弟弟，人长得俊秀，也最得宠，是家族里唯一一直坚持上私塾，直到私塾学校被国立学校取代之后方才停学的一位爷。

六爷他老人家知道得很多，而且写得一手好字，七十多岁的时候和我比赛背诵《琵琶行》，竟也一字不差。我不由得对六爷生出更多的敬仰，比如我爱给他沏茶，待茶的温度刚刚好时才端给他，可他喝时偏大声叫"烫！"慢慢悠悠停一停，眼睛铄然一亮便又眯着一笑。他是一个爱读书、爱喝茶的人，却并不迂腐。现在回想六爷生前的很多事情，倒真的很有趣，他算得上是一个很风趣的老头呢。

讲到六爷，就不得不讲六婆婆，六婆婆名叫"香花儿"，可是我总觉得她应该被叫作"乡花儿"。这就比如一个班级最漂亮的那个女孩被叫作"班花儿"，学校里最引人注目、最出类拔萃的女孩儿被叫作"校花儿"。

在我的记忆里，六婆婆是个说话柔声细语的五十多岁的人，头发整整齐齐地梳在脑后，用一个黑细线勾缝的发网将头发网成一个发髻，可是那发髻上的黑色发网上常常有一圈白色的线勾出的小小的花，于是显得人更加素净和利落。她常常都是一脸和悦的微笑，可是这笑又仿佛是在她眼睛里藏着的。你感觉到她是在笑，可是你细细看，她却是平静的，你看不见那笑。她一年四季都穿着浆洗得发白的蓝色偏衣襟上衣，黑色细条绒的方口布鞋，这些都是她自己手工缝制的。即使是这样朴素的衣着，穿在她的身上也有种说不出来的好。有她在，说话粗陋了便觉得害羞，行动急躁张狂了便自己先觉得不稳妥，因此每每六婆婆来我家里和我的母亲慢悠悠地说话，做裁剪的活计，我们姐妹们说话就不由得慢声细语起来，行动也不由得斯文起来。她仿佛是一罐子恒温的水，你想喝的时候都有着恰到好处的温度，炎热的夏日里让你感觉到清凉，寒冷的冬日里让你感觉到温暖。

六婆婆身材瘦小，皮肤光洁白亮，走起路来迈着细碎的小快步，好像在小跑，却又只是在走。我曾经跟在她后面去她家里取鞋样，我简直是小跑起来才能跟上她的步子。走在她的身后，我又不想让她感觉到自己跑得气喘吁吁，所以学着她的样子走路，仿佛也有种轻盈的精神在自己的身体里扎根了，感觉出一种和乡村的其他女子不同的端庄，这端庄里透着一种骨子里的骄傲和自信，让我感觉好像自己也变得和她一样美丽且柔和起来。这便是六婆婆的样子。

据说，六婆婆的母亲是从土匪窝里被解救出来的，名叫石文玉，人如其名，生得细皮嫩肉。从土匪窝出来后，便许给了在唐家打长工的一个单身汉做老婆。没想到没过两个月，长工却发现她怀孕了。之后，那长工终日对她非打即骂，说她怀着的是土匪野汉的杂种，却要自己来养活，实在亏死了。文玉日渐憔悴，眼泪也不敢流，怕男人见了又要骂她整日哭丧。

一日里，太婆正要去井边洗衣，见着文玉提一篮衣服早已在那里候着。见了太婆，她"扑通"一声跪下，只说知道太婆心软，求她收了自己，在唐家做奴做婢也是愿意的，如果太婆不肯收留她，这水井就是她今日的葬身之地。

虽说唐家家道兴旺，雇有很多长工、短工，家里多添一两双筷子没有问题，但即使是太爷，农忙的时候也是要耕田犁地的，太婆自己更是身体力行，样样堪称表率，庄户人家不兴养一个闲人的。太婆真的是左右为难，但又可怜这怀有身孕的瘦弱女子，于是便答应了她。

回到家后，太婆便把那长工叫来好一顿臭骂，只说现在自己慢慢年纪来了，家里吃饭的人多，厨房里需要一个打杂的，文玉就在这里帮忙。改日有合适的女人再给他重说一个，这文玉生来就不该是他的媳妇。

从此文玉就在唐家住下，干活自然比不得其他妇女，多多少少要叫人挖苦讽刺，少不得受气。只是太婆见着文玉，却是心里真的可怜她的遭遇。有太婆罩着，文玉在唐家勉强过着低眉敛气的日子。和太婆在一起，更显得文玉的孱弱。一个身型高大，一个娇小玲珑；一个白胖结实，一个白净柔弱；一个是不怒自威，一个是我见犹怜；一个说话是高声大气，一个说话是低声软语；一个笑起来声震屋宇，一个笑起来低眉不露齿。

九月里文玉生了个女儿，取名叫香花。这九月天又是农人们最忙活的时间，收山上的柿子、地里的苞谷，种冬小麦、挖红薯，哪里容得下女人在家里歇息。普通人家的妇女生了孩子，三天就围着头巾下地干活，这文玉哪里行？女人们的闲言碎语传到她耳朵里，她便强打精神下地干活。六爷当时也就十二三岁的样子，对文玉却是非常照顾。书读得多了，审美观念也与村里人大不相同。

在十二三岁的六爷眼里，文玉是美的。文玉的笑不露齿，文玉的娇弱温和，文玉的沉默少言，文玉的白净温润，都是六爷喜欢心疼的样子。自生了香花之后，六爷就时不时替文玉抱香花，文玉有很多活，要洗衣，要烧火，要缝补，六爷就找更多的时间来照顾香花，以至于香花见了六爷就不要自个的妈了。有时候香花在六爷的怀里睡着了，文玉还在忙，六爷就抱了香花去自己床上睡。时间一长，香花倒像是六爷的孩子了，整日里黏得不行。

文玉月子里身子没有得到休养，又长年累月地忙活，渐渐地如风中之烛，在香花六岁的时候，一病而殁。自此，香花的眼里便只有六爷了。

六爷十八岁时要成亲，唐家院子里张灯结彩，喜气洋洋，太爷最小的儿子、太婆最宠的儿子要结婚了。从此，太婆和太爷便可以交代后事，颐养天年，自此过他们的清闲日子了。却不料晚上六爷和新娘入睡的时候，香花早神不知鬼不觉地在六爷的床上睡着，又哭又闹的。太婆自文玉死后，对香花也多了些疼惜，何况这香花也确实生得叫人喜欢，眉清目秀的，皮肤如雪，活生生像是画上走下来的小仙女，奶奶长奶奶短的叫得甜，倒仿佛比太婆自己的孙女更显得亲热。大家当是她人小不懂事，只把她抱开。可是一连几日里新娘子的嫁妆有被绞烂的，有被撕碎的、踩脏的，总之，新娘子整日里难以消停，哪个刚过门的媳妇受得了这个，便要打骂香花，六爷便要护着，"这是个没娘的孩子呢，难道还欺负她人小不是"。新媳妇心里憋怨，和六爷便别扭不断，这般的日子，眼见的如何过得下去？新媳妇一怒之下回了娘家，这门亲事便就此不了了之，大家都不曾想那香花的心里认定了自己要做六爷的媳妇，六爷开始只当她人小胡闹，一天天长大起来，越发时时事事只操心着六爷。

太婆看见这般样子，左思右想，无奈中要把香花早早送人去给人家做童养媳。在当时的乡下，为女孩子早早定下这样的亲事也是十分常见的事情。

六爷听说要送香花去给人家做童养媳，便求太婆留下香花。那香花也哭得要死要活的。太婆哪里肯依？看着香花被打扮一番，哭哭啼啼地等着被人家接走，寒冬腊月的，六爷竟然豁出去跳入门前的烂泥塘里，那烂泥塘有一两米深的水，平日里供牲畜饮用的。六爷说要香花走可以，今日这门前的烂泥塘就是他的葬身之地。

待香花刚满十六虚岁，太婆做主，说不管她是土匪的女儿也罢，生养在唐家这么多年，就算是唐家的人。趁自己还有一口气，给他们把婚事办了，省得别人闲言碎语，或者闹出什么有伤风化的事情，丢人现眼。就这样，六爷和香花成了婚。

小的时候，每到夏收或秋种的时候，我就常常和二爷的儿子、孙子，六爷的儿子、孙子一起去帮六爷做农事。六爷一生过得清闲惬意，有太婆时，他享太婆的福，有香花了，更是享福。香花一辈子都敬他爱他，再忙再累也不让他插手地里的事，当然二爷、大爷也知道六爷生来就不会干农事，只会写字喝茶读书，大家仿佛觉得这于六爷是自然而然的一件事，六爷若是拿起镰刀割起麦子或是举起锄头锄起地来，那就不是六爷了。六爷早晨一起床，六婆婆香花的茶就放在那里了，六爷慢慢悠悠地喝着温度刚刚好的茶，等六婆婆从地里回来做饭。

六婆婆从不在别人家里吃饭，若有事到别人家去，每到快吃饭的时候便急得六神无主，任你如何挽留都不肯留下来吃饭，只说是害怕六爷在家里会饿了。后来即使儿女们大了，个个做的一手好饭，六婆婆依然说六爷只吃得惯自己做的。六爷无论到哪里做客，每到下午，无论远近，无论风霜雨雪定要赶回家去，说是六婆婆不见他，在家里只怕一夜无法合眼。

可是从来不会厨房营生的六爷，在六婆婆六十多岁患眼疾的时候，却突然变成了大厨。据六婆婆说，原来六爷的厨艺十分了得，幸亏自己患了眼疾，否则一辈子都吃不上六爷的可口饭菜呢。六婆眼盲之后，六爷简直成了她的眼睛，两人形影不离，孩子们三番五次地提议接他们去养老，他们都不愿去，只愿意就这么互相扶持着，没有拘束。六婆婆七十二岁去世之后，六爷埋了六婆婆，大家开始担心他会伤心支持不住，可是见他依然谈笑风生，照常吃喝，大家便都放下心来。可是，六婆婆过七七的当天晚上，六爷也随她而去了，大家这才发现，六爷在七七这一整天都没吃没喝，和孙子们说了很多话，只说他和六婆婆都喜欢安安静静、欢欢喜喜地走，不喜欢大家哭哭啼啼、吵吵闹闹的。大家这才明白六爷的用意。

（四）

斯人已逝，但六婆婆给我们做过的饭菜却是最地道的唐氏家传，令我至今难以忘怀。一想到在六婆婆家吃的饭，我的脑子里就不由得浮现出她做的那些饭菜的样子和味道，便让我口水直流了，仿佛那农家饭菜的清香还在我的唇齿之间弥漫，令我陶醉。

那些饭菜里，我最喜欢的要数槐花饼子、槐花包子了。

乡间的四月，诸多的花儿仿佛在春天刚来的时候开得太泼辣、太欢实了，一下竟都想歇歇了，桃花谢了，梨花败了，连油菜花也变得意兴阑珊了，可是田埂上，小溪边，农舍旁，陡峭的山坡上，贫瘠的洼地里是些什么花如雪似玉一般挤在碧绿的枝叶上？微风过处，清香徐来，令人心旷神怡。走近了看，原来是槐花，大片大片，满山遍野，到处都是。你看它们一朵朵小小的花儿紧密地排成一串，翡翠一般晶莹玉润，在绿叶中调皮地闹腾着。一层层、一团团、一堆堆，叠加起一个花香扑鼻的世界。风来，花儿抖动它们美丽雪白的花瓣，顷刻之间变幻出一个无比亲密而又和谐纯净的花的世界。一树一树的槐花，开得那样悠然自得，香气淡雅却又有一丝勾心摄魄的香甜。一串一串的槐花，嫩得剔透可人，轻轻一捋就捋回属于自己的满怀的清香。回家把花在清水里洗净，控干大部分水分，和上鸡蛋，加入花椒粉、精盐、葱花，拌匀，再把面粉均匀地撒入盆中，搅成稠糊状，之后像烙油饼一样烙熟即可，清香扑鼻、颜色黄中带绿的槐花饼，好吃极了！要是在冬季想做槐花包子或槐花饺子，就要在槐花含苞待放、尚未完全绽放之时采摘，用清水洗净沙尘，入锅稍微焯一下，断生即可把槐花从锅里捞出，放在清水里冲泡，然后用手挤干水分，摊在竹帘上，放在阴凉通风处晾干，收藏，备用。冬季想做饺子馅或包子馅时，取出干槐花若干，用热水充分浸泡后，挤干水分；取鲜韭菜或蒜黄适量，择净，洗净，切碎；粉皮或粉条适量，用开水煮软，切碎；鲜鸡蛋数个，炒熟，切碎；加入精盐、芝麻油和少许花椒粉，拌匀即成。也可根据自己口味加入其他佐料。槐花性凉、味甜，有清热凉血、清肝泻火的功效，冬季里人们一般吃的口味较重，吃吃这个，便能想起春天的乡村和乡村的春天了，乡村的春天的味道是那样的清甜，你整个五脏六腑都蠢蠢欲动，每一个细胞都翘首以盼，盼望着去感受春天的香甜和芬芳，盼望着去乡村踏青了。

住在车水马龙的城市，周末闲来无事，想要犒劳自个儿，便照猫画虎地按照记忆里的场景去做六婆婆做过的槐花包子、荠菜团子、茵陈蒿蒸的玉米油糕、地耳子做的韭菜包子、椿树芽儿炒的腊肉、酸辣洋芋粑粑……家有电脑，在各个论坛里贴出讨论帖，和天南地北的主妇们切磋起来，把自己做的这些食物拍出来晒在论坛上，大家对陕南的这些美食赞不绝口，向往至极。我便遐想起来，想着有一天，若是失业了，不知道有没有本事把六婆婆那般的厨艺晒出来，开一间小饭馆为生。

（五）

记忆中，六婆婆经常和我的母亲一起做针线活，两人在一起有说不完的话，六婆婆有时候来会带自己晾晒的金针菜，有时候也带一些自家树上的时令水果，母亲每每在六婆婆要回家的时候，也到家里的菜园子里拔些韭菜，或者差我去摘几个葫芦、茄子什么的给六婆婆带回家去。

去菜园子摘菜我也闹过笑话，至今还被姐姐和哥哥取笑，甚至我大学毕业参加工作这么多年了，还被故乡为人父母的同龄人当作教育自己孩子的活教材，有时当反面教材，有时当正面教材。

记得那时我正上小学四年级，十分喜欢读那时流行的"小人书"，就是每页都配有插图的故事书。我常常看完了还喜欢细细欣赏里面人物的素描和穿戴，并且沉浸其中，成为母亲所说的"书呆子"。

父亲自此便常常有意识地带我到菜园子里去给他帮忙，我于是得以更多地亲近这片生机勃勃的园子。每到雨水时节，父亲就开始忙活了，他把一些黑的、白的、红的种子给我，那些种子，瘦小或丰硕，像小牙齿般饱满坚硬又亮润。其中颗粒饱满坚硬的就需浸泡几个小时，水浸过的种子粒粒鼓胀，原本脉络交错的皮变得温软光滑。父亲的锄头下去，我便按他的要求放两三粒种子，而有些很小的种子便只是随意抛撒，它们一起从父亲的手里活泼地跳到地里。

自此，我便时时刻刻地操心着自己种下的种子，不断去园子里查看它们从土地里冒出嫩芽的样子。豆角最是含蓄，慢条斯理地抽出三四株新芽，开出串串紫莹莹的柔软花穗，耐看的是它的叶片，小排小排地生长，像羽扇，更似孔雀的翅翎。葫芦则张扬，先是从泥土和水分滋润得饱满水嫩的球茎里抽出几支新绿，接着不由分说"唰唰"蹿出数段绿衣，将竹子搭的架子映得那叫一个风流，"潇洒绿衣长，满身无限凉"，妙则妙，只是旁边的植物们被欺得身段儿纤弱怯懦。那些蔬菜的不同叶片大大小小，有尖有圆，亦卷亦舒，或阔然，或缱绻，在我面前仿佛一幅幅油画，它们有的如唐诗般豪放，有的如宋词般婉约。我会冲一朵花微笑，会弯腰扶起雨后跌倒的藤萝，会小心夹走一只偷吃蔬菜的虫子。自此，不再有蔬菜被我混淆。看翠绿的黄瓜，毛茸茸的葫芦，带着水珠的嫩韭，肥嘟嘟的、硕大的让人不由得联想到孕妇肚皮的冬瓜。它们也的确骄傲，肥硕块茎尖上还顶着粉嫩粉嫩的花蕾。多年以后，我成了家，不厌其烦、得心应手地操持家里的一日三餐，面对各色的蔬菜，我感觉它们是如此亲切友好，让我因此对生活滋生出无限的热爱，而父亲却永远也不会知道，他对我的影响是如此深远，意味深长。

在父亲的园子里，我还偷偷种过向日葵。说是偷偷，也就是没有告诉父亲，没有征得他的同意。葵花籽是同学给的，我小心收藏了一个冬天，悄悄地撒在父亲的园子里，也就任它自己长去，并没有抱更多的期待，乡村的孩子对于植物并不特别稀罕。然而没想到，待到六月，有十八株向日葵呼啦啦的很具规模，这还不算那些被父亲当作杂草除去的。肥沃的土壤和乡村的灿烂阳光保证它们无拘地生长，又壮实又热情，像极了乡村的女子，盛开在田野里，有着无比的美艳和骄傲，一点也不懂得含蓄和羞涩，就那么单纯地释放青春的激情与力量。这种健康、明媚的植物，却有着奇怪的处世哲学和低调乖巧的处世姿态。暮色渐沉，它们便像约好了似的，一身大大小小的叶片一溜儿垂下去。更深露重的时候，它们懂得如何收敛飞扬的翅膀保护自己，让自己平安地渡过一个个漫漫长夜或突如其来、哗然而至的倾盆大雨。

黄瓜绿，番茄红。园子的花团锦簇，少不得父亲的精心管理，那些疏疏落落的东一簇西一簇嫩娃娃般眨着俏皮的亮眼睛，在枝梢躲闪的豆角，和父亲亲呢的样子就像我和我的儿子一样。那些泛红的番茄，碧绿的瓜菜，一定承载了父亲更多不为我所能体会的心思。我想象父亲曾经是怎样蹲着仔细探得它们的准确方位，又怀着怎样的心情把它们摘下，看着它们被我们在饭桌上狼吞虎咽地吃掉。时至今日，每到时令的蔬菜刚刚挂果，父亲就会不辞辛劳地挑最好的摘下来，送给住在城市的我们。这些不会言语的植物，却最懂知恩图报，多浇一桶水，多施一次肥，多杀几条虫，料理几分，它们就回赠几分，我于是傻想，父亲对园子的和我们姐妹的感情，哪个的感情更深，更离不开呢？他为什么就那么喜欢守着故乡的菜园子和山林，不愿意和我们姐妹一起住在城市里？

在夜深人静的时候，我就会想起故乡，常常想起父亲，想起父亲的菜园子，想起父亲的菜园子里还有什么样的蔬菜和植物。在我年少的时候，它们曾是温暖了、治疗了我成长过程中的忧伤，虽然它们什么都不会说，却比浩如烟海的书籍更细腻深沉、更具体敏睿、更光洁明亮。当你疲倦时，它们抚慰你，令你全身脉络通畅、骨节舒散。当你浮躁伤心时，它们的存在提醒你，培土、浇水、施肥，这些投入让你获得单纯的快乐、简单的幸福。从这些怀想里，从我吃过的蔬菜里，我感知到自己的血液里奔流的蔬菜的味道，那是故乡的味道，那是泥土的味道，那是乡村的味道，是根植在我血液里的味道。从这些怀想里，我找到了父亲之所以住不惯城市的原因，我明白自己为什么一直以来无法割舍对故乡深入骨髓的牵挂。

（六）

站在故乡的身体上，触摸着故乡的风吹来的山林的脉搏，我感觉到自己站立的地方是那么踏实，给我带来一种安宁和稳妥，让我感觉自己的血液在血管里平缓流动，我是多么喜欢这样的感觉。

可是那些和我一起长大的伙伴为了城市的繁华和便捷，一个个义无反顾地奔赴城市的钢筋水泥森林，并在那些钢筋水泥的森林里疲惫、艰难地行走，努力地寻找心中的橄榄树和伊甸园，他们在冰冷的钢筋水泥建造的楼群间不断跌倒，甚至被城市华丽的玻璃窗刺得看不见回家的路，城市究竟给了他们什么，值得他们为了城市的生活摒弃故乡的山林和土地？一些年轻人为了那种便捷的城市生活，为了某种他人设定的所谓的成功标准和生存目标背井离乡，留下空巢的老人、无人管教的幼儿、望夫石一样想念丈夫的妻子，留给乡村大片大片野草丛生的、寂寞而无人耕作的田地。

腊月回老家，老家的老人们看着猪圈里养的肥猪犯愁，谁来宰杀这些肥猪呢？杀年猪是故乡曾经最热闹的场景，如今却成为这些留守在乡村的老人们的精神负担。年轻的一代没有谁愿意接过杀猪匠的"屠刀"，那些原来的杀猪匠渐次老去。一些年轻人宁愿在城市里当清洁工或保姆也不愿意回乡下侍弄庄稼，为了给下一代提供更好的受教育机会，让自己的孩子能和城市的孩子一样享受城市的生活方式，获得和城市孩子相同的教育机会，他们宁愿省吃俭用地租住在城市的地下室里。

故乡变得无比安静。看着宁静的乡村，它曾经是那么熟悉。我曾经熟悉这里的一草一木，而当我现在站在这里的时候，我却觉得它无比的陌生，它是那么萧条和寂寞。我看着面前这些树林，我巴望着故乡的土地无论贫瘠或肥沃，都能长满葱郁的庄稼和果蔬；我巴望着故乡的桃树背后还站着那桃花一样美目盼兮、巧笑倩兮的年轻姑娘；我巴望着故乡的晒谷场上还有虎气生生的汉子为了博得心仪的姑娘一笑，趁着大碗喝酒、大口吃肉之后的豪情，找个同样彪悍的汉子震天动地地摔上几跤；我甚至巴望着自己就是一棵生长在故乡的植物，听得懂树们的语言，了解树们生长的秘密，风轻时倾听它们喁喁低语，风狂时倾听它们朗声大笑。

我再也回不去那样的故乡了，那曾经熟悉的令我朝思暮想的故乡。

有一次回老家参加一位老人的葬礼，在葬礼上我没有听见我曾经熟悉的丧鼓和道情，我听见的是来自城市的乐队击打架子鼓奏出的喧哗的歌曲。村子里几个能为别人家的"红白喜事"吹奏唢呐和伴唱陕南花鼓的老人们或年老体衰或早已故去，能让听的人或笑，或哭，或悲不自制，或喜笑颜开的唱词也随着他们的故去而故去。故乡的年轻人对故乡的规矩和礼仪再无心思去维持和传承，在故乡面前，他们和我一样有种难言的"隔膜"乃至"失语"感，只是他们会不会像我一样因此而惋惜、痛心、无奈？

在这里，我究竟讨厌着什么？我又究竟痴爱着这里的什么？

我想留住这里的什么？我又想摒弃这里的什么？随着农村外出务工人数的增加，越来越多的农村青壮年被工业时代的文明和市场化的商品经济，良莠不齐的价值观、道德观硬生生从思想上剥离了乡村传统的道德母体。扑面而来的城市文化使乡村原本厚重的道德观、价值观和乡村的"规矩"被撞击得分崩离析。我常常在买回土鸡蛋之后发现，那不过是从批发市场上批发回来，重新装在竹篮子里的鸡蛋；我也常常听说有一些留守的农村老人经年累月孤独而艰难地抚养几个孙子，而他们在外面打工的子女们，即使日子宽裕，也不愿分出一点点时间和收入回家看看自己的老父老母；我曾亲眼看见，穿着破烂衣服的父母徒步十几里给在城市读书的儿子送去手机，却被儿子当众呵斥，只因为手机没有一些功能；我也在回老家的车上亲耳听见有的村里人居然艳羡地说，某某家女儿因为做了有钱人的"二奶"而如何得以一掷千金，言语之中毫无鄙视之意，反而感叹人家有本事，恨不得自己也生出如此之女儿好"光宗耀祖"……如何去重拾、重建乡村传统的价值观，还乡村厚土一片淳朴的，来自最平民、最草根、最本质的是非观念、生活信念和奋斗目标？还土地、乡村他们原本的尊严？

在故乡的夜晚，我曾经长久地凝望着乡村宁静的夜空和繁星。清凉如水的月光照着寂静的山林，山峰的轮廓和天际和谐地交融、相接。月光下的故乡是那么轻柔、淡雅，在山林的怀抱中显得那般如梦如幻，山林寂静，夜空深邃，一切是那么安详、宁静、恬淡、寂寥、广阔，让我不自觉地凝神专注，沉浸其中。星星点缀着苍穹，深远的夜空愈加让我感觉幽深辽远，深深地震撼着我的心灵，一种神秘的、不可抗拒的力量吸引我向那苍穹追问生命的意义、生活的意义、生存的意义。依天地之大，如果承认每一种生命都来自偶然，宛如尘埃，那么乡村在历史的滚滚车轮中历经的一切是一种必然吗？在深邃的夜空之下，我默默地梳理逝去的岁月，触摸着记忆的每一个褶皱，不断追问自己为什么要和那些年轻人一样离开故乡，生活在别处。

假如有一天我不再拥有对现在的生活方式的认同和热情，假如有一天我突然质疑自己生活状态，不再心甘情愿地重复如出一辙的生活，我是否愿意回到这里，回到这个生我、养我，无数次在我的梦境里反复出现的乡村？回到这个我熟悉而又感觉陌生的乡村？在这里我整日穿着简单、朴素的布衣，做一个只关心粮食和蔬菜的老人，劈柴、种地，把种子一粒粒埋进泥土，只管耕耘不问收获。

我知道，那个回不去的地方，那就是故乡。

听风吹拂故乡的山林发出海浪般的声响，我忧伤地看着苍穹之下我曾经一寸寸触摸、踩踏过的故乡，知道再也没有牛羊去亲近那些无比繁茂的绿草，少有的几头牛整日被绳索牢牢拴着，吃粉碎搅拌好的精饲料；再也没有儿童用稚嫩的臂膊去攀爬这些结实的大树或者挎了竹篮来割草，他们所有的课余时间都是在电视机前孤单而安静地度过，占据了他们寂寞而又孤独的童年。我想起So last algia——澳大利亚的哲学家阿尔布雷克特所说的"乡痛"。"乡痛"不是"乡愁"，不是因为远离家乡而产生的忧愁苦闷，它是由于家乡的环境发生巨大变化而产生的痛苦和忧郁，它是对往昔家乡熟悉的生活氛围的眷恋愁痛，是对乡土家园现有的状况和给他带来的失落感和疼痛，他既没有话语权，也没有改变此种状况的能力和影响力，因此产生的无力感、无奈感、失落感、疏离感和忧伤而无以为寄的感觉就是"乡痛"。

我曾经是多么奢侈地拥有一整个山林的纯净和安宁，而我却努力着为了有一天能够摒弃它，离它而去。城市的生活已经使我不再习惯故乡的生活习惯和生活方式，尽管当我站在故乡的山林里，草木的气息令我心神安宁，但是我还是习惯城市的便捷和信息的畅通。我就这样在精神上被城市流放，却又注定了再也无法回归故乡。

永难相识的大河

（一）初识大河镇

1997 年，我从西安外国语学院英语教育系毕业，我对自己即将从事的教师生涯充满了期待，心里想文教局会把我分配到哪里去呢？这一等就等到 8 月底，也不见任何通知。母亲说既然你是要当教师的，暑假一过娃们就开学了，开学前你得准备准备呀，你去文教局问问把你分配到哪里了。因为山区交通不便，等我步行赶去文教局，已经快 12 点了，于是我在五星街口张师傅面馆吃了碗汤面后，就在新华书店看书，等着下午上班时间去文教局问。

我一直记得那天下午的事情。去了文教局，找到管分配的股室，一位很和善的老师接待了我。他说："今年大学生分配的政策是一律先去"南北"二山，南山指流水中学，北山就是大河中学。分配方案里把你分去大河中学了，你最好问问家里的长辈，是去流水中学还是大河中学，你如果愿意去流水中学，现在也可以调整。"

旁边一位年纪稍大的干部看了看我，说一个女孩子嘛，流水中学还要坐车，再坐船，恁不方便，还是让她先去大河中学吧。于是，文教局的老师给我了一张8月31号去大河中学报道的派遣证明。

我心里想着流水、大河的两个地名，心里可高兴，这两个地方应该都是有山有水的地方呀！在一个有山有水的地方做一名乡村教师，太好了，我生性喜欢山水，但凡有山水的地方，我便感觉到一种能够与自己内心深处相契合的精神。置身其中，我便步履从容，心境沉稳，神清意静。但是流水、大河，哪个地方的水更多更大呢？流水嘛，可能就是溪水潺湲，不会有太大水流，还是大河好呀，一条大河波浪宽！脑子里立即浮现出一条磅礴的河流，河边是一所高中，浓荫蔽日中传来琅琅书声……我简直高兴得想跳起来了，可是出了文教局的门，才想起来忘记问去大河怎么走。

是呀，去大河怎么走呢？我回家后告诉父母这件事，于是母亲让我去问村子里常年在外打工的表哥。表哥一听说是分去大河，表情十分不自然，连一句祝贺都没说，只说需要先坐车去恒口，再从恒口坐车去大河。最好是早些去，恒口去大河的车只有两趟，一般12点之前发车，去得迟了，就再没车去大河了。如果从安康包出租车去大河是50元一趟。

原来这么远，母亲很担心，可是父亲却非常淡定。父亲说："本来就是农村娃，现在又回到农村去教书，这是多好的事情！不是每个农民的女儿都可以站上讲台的，当初如果没有那么多老师来咱们乡中学教学，你还能上高中考大学当一名教师？哪里的黄土不发芽，哪里的水土不养人？天寒不冻下力汉，黄土不负勤劳人，你就把自己当作一个农民，把学校的娃当成你要侍弄的庄稼，种一茬庄稼少不了流汗出力，你种庄稼就只管按时按节地好好除草施肥，只管耕耘，收成就由老天做主吧。你只管去大河踏踏实实教书，把书教好，不要让人说你白读了十几年的书就好。"

于是，我和母亲一起把上大学时的被褥清洗了重新缝制好，简单收拾了几件换洗的衣服，就在8月31号早上去安康汽车站坐上了去恒口的汽车。当我告诉司机我要去大河中学，要在恒大路口下车时，司机可热情了，说绝对不会让我走错路，一定亲自把我送到去大河的车上。车上几个乘客七嘴八舌地说："你一定是新分配去大河的教师吧？""你怎么不找找亲戚，去送礼走个后门呀，分配是大事情，这分配得这么远，以后怎么调得回来呀？"他们都对我投来了同情的目光，仿佛我不是去上班，而是要去生死未卜的前线一样。难道大河是《聊斋志异》里面的荒山野岭？无论怎样，我已经在心里把自己看成是大河中学的一名教师了，不管怎样，我本就来自乡村，就算是让我重新做回一个农民又会怎样？

到了恒大路口，去大河的班车司机早已等在那里，我们的车刚停下来，他就热情地迎上来问："有没有去大河的？"司机赶紧说："这里有个女娃是分配去大河中学的，你负责把人送到！"于是，大河这位司机直接来车上把我的行李一气提下车，同时招呼远处的一位女士说："来，把这个老师的行李给放好，赶紧给老师挑个好位子！"又转头对我说："我叫虎子，就住在大河中学隔壁。你以后有啥要帮忙的，给我或者我媳妇言传一声，没得一点问题！"说着话，他媳妇已经热情地迎上来接过我的行李了，还专门腾出一只手来拉着我的胳膊问:"第一次到大河吧,你晕车吗?饿不饿?饿了先在路边买个烧饼垫垫肚子呀,这车还得等一会儿,人上齐了才能发车。"

这就是淳朴的大河人给我的第一印象。在大河长久的工作和生活中,大河人这种印象一直留存在我生命的深处。他们是那么的热忱、淳朴、厚道、实在,他们总是给你一种踏实心安的感觉,是大山与泥土、河流与草木共同滋养了的人们的安稳精神,有着因为勤劳而生出的坦荡和无畏的天然气质。

这一等就等了将近两个小时,这期间我把随身带着的一本《读者文摘》翻来覆去地看了几遍,真后悔没有多带几本杂志。期间不时有乘客下车去购买新的货物,车里不断有新的令人意想不到的各种物品放进来:几把镰刀,一窝叽叽喳喳的小鸡,一只在布口袋里喵喵叫的猫咪,几根无法架进车厢里的钢筋(由聪明的司机固定在车顶上),一些不知道用途的塑料袋……货架上已经挤得满满当当的,我这才突然明白司机虎子让他媳妇给我挑一个好位子的缘由。他媳妇坚持让我坐在副驾驶的位子,这样一来我的前后左右就没有人能挤着我。

一路上经过许多非常宁静的村落,陕南乡村的所有元素几乎都可以在这一路被不断地重复展示:被竹林遮掩的院落,一些晾晒着红色辣椒的簸箕,突然引颈高歌的公鸡,太阳底下眯着眼睛的狗,背着竹背篓的农夫,放牛的农民,一些梯田般错落的菜畦,几处坟地……慢慢地浮现在眼前的是越来越多、越来越高、越来越大的山,崎岖蜿蜒的山路,一程接着一程,太阳慢慢落下去,我所以为的可能是大河的每一处村落，都被司机一一否定，车已经开了将近两个小时了，大河还远远没到，大河究竟在哪里？大河中学究竟是什么样子呢？

司机虎子见我疑虑的神情，爽朗地哈哈大笑，说："你急什么呀，你看这一车的大河人，我又不会是人贩子，如果把你拉错了地方，大不了你今天晚上和我媳妇睡一起，就在我家吃饭，明儿一早我保证原样送你回安康！不得错的，妹子！今天保证让你到大河中学，让你们王应明校长夫人炒菜招待你！"车上的众人听了都一起笑着说："没一点儿问题，我们这一车人家都可以招待你，这就是去大河中学的车，你放一百个心！从安康到大河，70多公里呢，到恒口才走完一小半，你想想要不然怎么对得起5元的车费呀！"

司机一路不停地告诉我，快了，这是小双溪！快了，这是关坝！快了，这是石湾！哦，你看，前边就是大河镇呀，拐过弯，你看呀，那就是大河中学呀！我说了保证把你送到我们学校的，这下你放心了吧！

这时已快晚上7点了，车上的人在大河中学对面邮局旁边的车站处纷纷下车。司机虎子让我不急，他等大家都下车了再专车送我去学校，反正学校就在眼皮底下嘛，不急这一时半刻。站在学校对面的车站，整个大河镇尽在眼底了！黄昏的大河镇，安详而静谧，大河的河并不大！集镇沿着一条四五米宽的河水两岸依山而建，古老的石板屋一间紧挨着一间，大河中学的操场就在集镇的正对面，一条水泥桥连通着集镇和操场，这就是大河！我仿佛是虔诚的佛徒，经过漫长的跋涉终于来到心中的圣堂，一颗心突然就有了归宿。是的，我，一个刚刚走出学校的学生，从此就要在这所学校开始我的工作和生活，自此之后，这个地方在我的生命里留下无法磨灭的痕迹！

（二）舌尖上的大河

民以食为天，大河人既然好客善饮，必定热爱美食佳肴，注重生活品质。大山绵延，必有天然绿色的美味；大河亘古，必有传统美食。

第一次在大河吃到的印象最深的当属糯米灌猪大肠。猪大肠用糙米糠和葱叶反复揉搓，清洗之后，再用烈酒和生姜、花椒粒腌泡一夜，还需将糯米泡发，等糯米吸饱了水分，和枸杞一起灌入已经清洗并炮制好的猪大肠里，再放入蒸笼里慢火煨蒸，蒸熟之后在腊月的凉风中晾晒数日，需要吃的时候，取下来切成圆片油煎即可。糯米吸收了猪大肠的油脂，糯软甜香，猪大肠的油脂被糯米吸掉，油煎之后非常脆香。

有个外地的老师吃了后非常惊讶，于是特意探问制作工艺。大河人在连续让他喝了几盅苞谷酒之后才幽默地告诉他：首先必须是200多斤以上的年猪，在杀猪之前，让猪先饿数日，直到猪肠子里的各种废物排空，这时把糯米和酒泡发喂猪，让猪尽情吃饱，这时趁着猪已经吃得又醉又饱，赶紧请人来手脚麻利地杀猪。开膛破肚，取出猪大肠来蒸熟，然后晾晒几天，油煎即可。

这个外地的老师听了半信半疑，谁知道在座的另一个外地人回家之后，对这道菜非常想念，于是按照大河人的说法如法炮制，结果可想而行。每每听人说起这件事就忍不住捧腹大笑。

大河美食还有猪血豆腐干。大河本地人用自家地里长出的黄豆和门前流过的山泉水做出的豆腐非常好吃。大河的猪血豆腐干相传始于明代晚期，它不仅是民间食品，还是供皇帝食用的贡品，现在已走进了星级饭店，成了宴请嘉宾的地方风味名馐之一。因为需要低温，一般都是在冬至进九之后制作好豆腐，趁着杀猪时，把猪血和豆腐碎末放在一起，再加入葱花、姜末、精盐、五香粉等佐料，反复捏揉使之拌匀，再揉成小碗口大的圆球，置入竹筛内，挂于灶头上或火炉上，用甘蔗皮、柏树枝、橘子皮烟熏。头5日内每天捏揉收汗一次，烘晒好的猪血豆腐干，外黑内红，手捏微有一点柔软感（即九成干）。食用时，先将其洗净，放在水中，最好是卤肉汁中煮，待鼓胀变软时，起锅切片或切条，即可食用。放置盘中时，因为猪血的颜色早已沉入豆腐中，深红的猪血豆腐干点缀上香菜些许，观之令人食欲大开。口感软滑，且因为佐料中连带着豆腐的独特香味，非常可口。

豆腐营养丰富，自不待言，加上猪血做成的豆腐干，营养就更丰富了。

在大河镇诸多美食中，我印象最深的就是这两种，不过，单单就这两种也足以印证大河人骨子里对生活的那种热爱，在绵长岁月中对乡村生活积极而认真的追求。

这样的生活态度足以抵消所有的苦难和不幸，且有助于大河人对漫长且宁静的乡村生活的从容接纳，在劳作中创造幸福的人生，在日常中永远保持着对精致生活的追求和热爱。

（三）大河女子

身为女性，因此我对于所有女性的命运怀着一种同情和敬重，也因为自己来自乡村，对于乡村的女性更有一种亲近感。当我站在一个相对客观的距离，隔着时间和空间的反光镜，我不自觉地将自己的命运折射在她们的身上，我常常自愧不如地发现无数个令我自己可以变得更加勇敢和无畏的灵魂：在大河女性的身上，充满着原生态的山林气质，那是基于山水的滋养和广阔绿林的生存法则之下的本真，她们淳朴、勤劳、泼辣、爱憎分明，她们勇于从绝望中汲取精神，从而成为一个善良的姐姐、一个聪慧的妹妹、一个勇于担当的媳妇，一个勇挑重任的致富能手、一个摆摊养家糊口的个体户、一个在小镇上的女理发师、一个离开家门独自外出务工的打工妹，一个养殖大户……

我的印象里，大河的女子从来都是强悍地保持着站立的姿态，她们非常好强，她们似乎没有时间去研究如何讨好或者取悦男人。在大河，我所认识的数位女性，无论她们是裁缝店的还是理发店的，无论她们是做饭的还是养蚕的，都似乎和我一见如故。她们天生的骨子里有着众生平等的理念，她们从不觉得自己目不识丁就应该自觉形秽。

一个大河的女子，因为面容姣好，和一个同村的男生私定终身，然后将自己全部的积蓄都用来支持男生上学，后来，男生如愿成为干部，两人终成眷属。后来因为女子常年操劳，男方便日久生厌，和办公室一个实习生好上了，女子开始听闻传言，置之不理，对自己的丈夫深信不疑，认为都是别人无中生有。有一次女子赶集亲眼看见男子和实习生手牵手，强忍悲伤回家，生活仍旧如常，却把平日积攒的家用一一整理，变卖了家中的牛羊等物，把钱都放在母亲平日的针线盒里。

这一日，女子和往常一样，收拾打扮整齐说是自己母亲寿诞，张罗了一桌饭菜，请丈夫和公婆一起去吃饭，其间，女子给公公婆婆敬酒添菜，一家人和睦如常。饭后女子仍旧和丈夫一起和和美美地带着一双儿女和公婆一道返回，做丈夫的心里一半是歉疚，一半是享受齐人之福的暗喜。第二天，丈夫照常上班，女子收拾整齐，说要带儿女去城里走亲戚，谁知此去再无音信，家人遍寻不见。

一直等到女子的父亲去世时，女子却突然令自己的女儿回来吊唁。这个离家时仅两岁的小女孩此时已经年方二八，亭亭玉立，说哥哥已经成为军校军官，母亲在深圳开了一家饭馆，仍孑然一身，对其他亲戚的过多问询言不多一言。待女子的父亲入葬，女儿即刻包了出租车飞离安康，未曾与自己的亲生父亲有只言片语。

从这里可以想见大河女子的刚烈与处事的果断。

另一个大河女子，乃养蚕能手，我并不认识，但是她的女儿和我算是故交。这位女子家后面有大山，大山产一种矿，于是有远处的人来开矿，开矿的人中有一个青年。两人日日相见，日久生情，女子于是央求父母准许自己和青年完婚，因为这女子已经年近30，女子素日养蚕之所得，父母一直替她存着专门留作嫁妆的，但总是没有遇见自己喜欢的男人，父母疼爱她，并不催婚，现在女儿有了喜欢的男子，皆大欢喜，于是就在村子里完婚。婚后，男子开矿所得悉数交与女子，两人恩爱非常，一年之后，诞下一男孩。不知不觉间，开矿三年，男孩已经两岁有余，然矿山储量有限，男子于是离开，这一去竟然杳无音信。该女子这才想起来，竟然不知道丈夫究竟家住何方，家中都有何人。当初只是两相情愿，连结婚证都没领，只是按习俗办理了婚礼。

眼看着男孩子渐渐上初中了，做父亲的还是杳无音信。有人劝说女子重新嫁人，且父母也渐渐年迈，但是该女子始终相信她的丈夫一定有难言之隐，迟早会回来与她们母子团聚。日子就这样一日日过下去。一晃孩子都已经大学毕业了，做父亲的始终没有出现，仍无半点音信。

女子渐渐年近花甲。她始终养蚕，还凭着养蚕收入盖起楼房。且因为同院子的两个兄弟外出打工，于是兄弟的孩子的吃住也基本依靠女子，女子待自己的三个侄子视如己出，孩子们都对她这个姑姑非常敬重。

这就是大河的女子，敢爱敢恨，不纠结，不纠缠，不将就，她们值得任何男人疼爱。在我的印象里，我所熟识的大河的女子，都拥有比男人更宽广的胸怀和担当。她们是大河精神的最美诠释，她们无愧于这片养育了她们的山林，她们配得上这条洗涤和滋养了她们的河流。

（四）永难相识的大河

我曾自以为是地认为，我对自己生活了多年的大河镇是十分了解的。然而，当我和晓群老师说起大河的时候，我发现我错了，当我再次和采风的文友们走进大河时，我发现我已经不认识大河了！大河是古老的，但又是年轻的，她始终保持着不停前进的脚步。在我离开大河10年多的时间里，大河究竟发生了什么？10多年的时间，一个少女变成了母亲，一个少年成长为大叔，一个集镇会变成什么样？当我想像以前一样，找到我曾经熟识的村庄，我发现它早已不在了，那些石板房早已变身为贴着瓷砖、顶着太阳能的小洋楼了！学校对面的狮子头山已经依山就势建成了村民们的健身广场，昔日宁静的社区拥有了自己的工厂，大河医院后面的菜园子已经变成了高楼林立的金仓小区，学校背后的荒山变成了霓虹闪烁的学府小区，那个记忆里的大河变得如此洋气和青春。

大河，原来是不相识啊！我突然发现自己对大河的了解原来是那样少、那样肤浅。

是的，我自以为了解了大河的具体位置，熟悉了大河的风土人情，但我就可以因此自诩熟识大河了吗？当我和朋友们聊起大河，我并不知道她每一处山脉的故事，每一条河流曾经的过往，每一间古老庭院曾经经历过什么，每一个生活在这里的人最初的梦想……因此现在，当我想迫切地描述出一个沸腾的大河，我才发现，那个存在于我的照片里，存在于我自己生命里的大河，只是大河漫长历史中的瞬间，只是大河无数个丰富表情中的一个。

事实上，在向他人描述个性鲜明、历史久远、趣味十足的大河时，我才突然发现，我的大河，她仅仅只是我生命里的那个大河，她是那样的单纯、那样的简单、那样的单薄。我和自己生活了将近10年的大河竟然仅是泛泛之交，如此局限于表面的、肤浅的认识。

　　于我，大河是不相识的。因着我自己苍白的感悟，因着我阅历的肤浅和认识上的局限，我难以企及大河这样的古老集镇深处的故事。一个真正的大河，一个真实的大河，一个不断向前行走的大河，一个紧跟着时代脚步的大河，她是永远青春的。她是属于远古的、古老驿道的大河，她也是根的大河、枝繁叶茂的大河，她是真实的、市井烟火的大河，也是梦幻的，有着诗意和未来的大河……

　　于我，大河是不相识的。大河的山川和遥远的湖海一样，有着太多的秘密。我能理解大河各种生物的语言吗？不能！我能理解刮过大河的那些风里曾经夹杂的是哭声还是笑声、是呐喊声还是喊杀声吗？我能理解在古老的子午驿道旁纺织娘的歌唱吗？我能知道古老集镇的门铺后面，在河水流淌的每一个白天和黑夜里，都曾经发生过什么吗？

　　于我，大河是不相识的。我离开大河虽然只有短暂的十多年，但在我生活的轨迹里，大河已经远远地走向远方和未来，我们彼此疏远。我只知道在我记忆里的那个大河。我只在大河浩瀚的岁月里停留过片刻，轻若微尘，而大河却以她漫长岁月中几张飞逝而去的照片就定格了我将近10年的青春，并永远留存在我的记忆深处。

　　大河，是永不相识的，因此她的容貌也应该被永远铭记——她的过去、现在以及未来。

缁衣蹒跚的乡村

（一）乡村：我以梦为马

乘着微凉的清风，我像一位御风而来的仙子，又似一位武功非凡的武林高手。我衣袂飘飘，长发飞扬，微风轻轻吹过耳畔，我轻快地掠过一座座连绵起伏的山脉。我看见炊烟，看见安详地吃草的牛群、羊群，看见半坡上那些人家，石板做的房顶，斑驳的土墙，干净的院子，看见一只威武的大红公鸡骄傲地踱着步子。一只小花狗靠墙卧着，阳光下好似睡得正酣，一只小猫，正像我小时候喂的那只名叫"晴雯"的灰猫，好奇地拿自己的鼻子去碰小花狗的鼻子，小花狗"呼"地起来，却不去理"晴雯"，直接向我凶狠地扑来。它跳起来，一下子咬住了我长长的、飘散的裙摆……

醒来知是梦。

空调正"嗡嗡"响着，四下里只是静，夜已深，楼下喧哗已消。关了空调，推开窗，外面竟然下起了小雨。窗台上的夜来香散发着缕缕幽香，它小小的花蕾安静地绽放着，每一朵尚未绽放的花都仿佛是睡美人那纤长的睫毛，每一片小叶子都仿佛是一只正在轻晃动的小手。我触摸着夜来香小小的枝叶，回忆着梦里那些自由盛开、无拘无束的成片的花，梦里那些真切的、清亮的溪水，梦里那美好的、油画般的乡村。老家院旁的丁香想必开得正艳吧？村口红的、紫的、白的木槿花也都和从前一样吧？

夜深了，夜静了，我的乡村，你还好吗？我儿时的伙伴们，你们都还好吗？

我想起小时候的暑假，一帮小伙伴吃过早饭就急巴巴地赶着羊群、牛群向那远远的、高高的山坡出发。

回老家去！我的心在不停地对我说。是啊，那些盛开的花儿们，那些我爬过的柿子树、梨树、桃树们，你们还记得我吗？你们还是旧时的模样吗？

（二）乡村路带我回乡村

回乡的路总是那么快。第二天一早我联系了车，带上了给左右邻居的礼物，又记起村子里一年四季不怎么出门的四表爷和三表婆、二姑婆等几位老人，就又买了些水果。老家其实也不是很远，行车 40 分钟的样子。这是一条 2006 年修好的通村公路，由于缺乏养护，有几处已经垮塌，还有几处被山上滑落的泥土和石头占去了三分之一。

车行至金华村的时候，前面一个年轻的妇女抱了个半岁左右的孩子慢慢朝前走，她的肩上还挎着一个大包，不知道包里装的是什么，但眼见她很吃力的模样就知道挎包不轻。太阳火辣辣的，于是我让司机停下来打算捎她一程。知道了我的意思后，她诚惶诚恐地上车，脸红扑扑的，连声说谢谢。一问才知道原来她就住在我老家前边的村子，按辈分我还应该叫她表婶。这个年轻的表姑原来是个江西的姑娘，和丈夫在东莞的一家印染厂认识的。爱情的力量使她违抗了父母的意愿远嫁安康这个偏远而贫穷的山村，在安康待了已经有一年多了，她显然已经很熟悉这里了，基本就是一个地道的安康媳妇了。她羞涩地告诉我，他们是在东莞怀了孩子才回安康补办结婚证、生养小孩的，她打算等孩子满一岁之后再出去打工。我很惊讶地问她把孩子带到东莞，她上班了谁来照看孩子。她笑笑说当然不带孩子去东莞,孩子放在家里让公婆带。在东莞她和老公也是分开住在不同的员工宿舍。从她的语气里我感觉她仿佛觉得这是很自然的一件小事，离开一岁的儿子，然后不知道什么时候才能再回来看他。儿子的成长、母亲对于年幼的儿子的意义都在宏大的生存主题中显得微不足道，似乎失去了论证的必要。

仿佛为了向我说明他们这样做的正确性，她又告诉我说方圆几十里几乎所有的青壮年劳力都在城市打工，他们的孩子一般都留在老家，很少有和父母生活在一起的。这些孩子大多数混个初中毕业就可以和父母一起挣钱了，也有少数能坚持念完高中、大学，最后还不是一样给人打工。

她说："很多父母为了节省来回的路费，三五年不回来看望儿女，儿女还不是一样长大。"

看着她怀里熟睡的孩子，粉嫩的小脸依偎在母亲的胸前，显得那么安恬。我能对她说什么？我只能在心里默默祝福这个胖嘟嘟的、可爱的孩子。

路旁大块大块的田地荒芜着，我问她怎么这些地都没有人种呢？她说都是家里没有年轻劳力种，现在谁还下力气种地呢？打工少说一月也净挣一千五，还不算加班费，要是肯加班，一个月拿两千块，夫妻两人不是四千块？四千块买一家人一年的粮食都够了，耗在地里种庄稼还要种子化肥，一年收的粮除去吃喝能落下多少钱，再说年轻人都好玩儿，谁愿意守在农村，一天到晚也见不到几个人，还不活活闷死。

听着她的话，我的心里沉沉的。

沉默就这样蔓延开来，司机打开音乐，是一首悠扬深沉的萨克斯的《回家》。盘旋的公路绕着山腰在安静的树林间蜿蜒伸展。这些大大小小高高低低的树相依相偎，他们的根在地下相接，他们的枝叶在风中、雨中亲密相触，互为屏障，他们共沐阳光，同享雨露，他们从不擅自逃离或背弃自己的战友、朋友、邻居、亲人以及根植的土地，他们叶落归根，知恩图报，无可选择地护佑着身边的小树、身下的小草。在乡村，它们安静地生长着，同时自由率性并坚持着作为树的尊严。

可是从什么时候起，为了生活，为了生存，人们背井离乡，留下老人、幼儿、望夫石一样想念丈夫的妻子。

是啊，我亲爱的树们，我那紫红的桑椹们，我来看你们了！我呼吸着儿时呼吸过的空气，乡村就在我的面前了！抚摸着儿时靠过的那扇门，手抚在门那灰色的木质的褶皱里，一如抚在母亲冬日里皱皱的手上。岁月给了你些许的苍凉，也给了你沉静和端庄。

门前的木槿花果然独自开得繁盛。

（三）二姑婆的愿望

村里人听见车响，都从家里走出来看。一时间我的身边就围了好几个人：二姑婆、三表叔的小儿子、四表婶、大表哥五岁的女儿。二姑婆拉着我的手说："这不是三女子梅子吗？放暑假了，这回得是有时间回来歇几天了。"我知道她耳朵不太好使，一边大声应承着一边取出礼物，当下就把水果分给大家，都是时下农村还没有上市的葡萄、杨梅等。大家一时客气感谢，纷纷拉我去家里坐。二姑婆得知我这次可以待上几天，就拉着我的手不放，要我中午就在她家吃饭，于是我带上礼品，搀扶着她老人家一起来到她家。

这位二姑婆是我爷爷的一位堂妹，已经七十四岁了。从血缘上说，算得上是村子里和我最亲的人了，因为我爷爷的晚辈们考学的考学，参军的参军，都离开了老家。记得小时候有一次，这位二姑婆到我家里来给我爷爷"看夏"。"看夏"是指我们这里出嫁的姑娘等到麦子下山磨了新面粉之后，用最好的白面蒸了香喷喷的"油旋子（花卷）"去看望娘家人。我母亲先冲了米酒鸡蛋招待她，然后就去厨房准备饭菜。怕她一个人坐着着急，母亲就吩咐我陪她，她趁着母亲在厨房做饭就逗我："你妈让你陪客，你不喝酒怎么陪？"我对于母亲吩咐的事情向来十分认真，也看过父亲陪客人时向来是父亲一杯客人一杯的。几番讨价还价之后答应，我喝一口米酒她喝两口米酒。米酒的香甜遮住了酒的劲儿，经年的米酒本就味道醇厚，我哪里晓得，她每次只是抿一小口，我就老老实实喝一口，就这样一大碗米酒差不多一多半都进了我的肚子。这是我平生第一次喝酒，等我们喝完，母亲端来饭菜的时候，我的手怎么也拿不住筷子。勉强吃完饭起来放碗的时候，身子就左右摇晃不听使唤，我不晓得那就是醉了，自己在院子里东摇西晃，反而觉得十分好玩，独自笑个不停。到了半夜里，我的胃烧得难受，连声喊叫要喝冷水，母亲知道我喝醉了，给我喝了很多酸浆水。从那时起我知道了醉酒的滋味，自此不再多喝酒，尤其是最喜欢的米酒更是不敢贪杯。我只要稍稍多喝一点点就爱笑，傻笑，想来也是那一次的"后遗症"吧。到现在每每和二姑婆说起她以大欺小的往事，她都矢口否认，说："没有的事，哪有这回事哟！"

这时我就去挠她的胳肢窝，直到她承认欺负了我为止。我和二姑婆是很有感情的，这种感情胜过我自己的亲婆。我的亲婆自己孙子很多，根本没有时间和精力与她这个最丑最笨的名叫梅子的孙女沟通。

二姑婆现在算是一个人吃饱全家不饿。孙子和孙媳妇在城里打工租了房子，年初刚生了个儿子，二姑婆的儿媳妇不得不去伺候媳妇月子、帮忙带孩子，儿子追随媳妇进了城，去给一家单位看门，这样一来家里就只有二姑婆一个人了。幸好她身子骨还算结实，七十多岁的老人就这么勉强折腾着，地里家里忙活着。她自己告诉我，上个月一场感冒差点要了她的老命，村上现在也没个医生，扛了三天眼看下不了地了，才托人带信请了医生挂了两天吊瓶，听得我唏嘘不已。我看着穿着一身黑色衣服在锅灶旁忙前忙后的二姑婆，实在不忍心让她给我做饭吃，于是我央求她让我自己做，二姑婆坚持不让，说她还没老到没气力给孙女做一顿家常便饭的地步。我在水管前洗手，却发现水管的水停了。

"水咋停了？"我问。

"都停了半个月啦，横竖没个人管。说是水泵坏了，村子里都是老汉老婆，哪个有那个金刚钻去揽这个活计哟。"

"那这么多人吃水咋办呢？村主任呢？"

"哟！我的乖女子！你晓得啥，村主任和村支书都在城里买房子了，娃子和媳妇都搬到城里了。谁要开个证明啥子的都要坐车到城里找，打电话找。"

中午是玉米糊稀饭，油饼，一盘腊肉炒黄花，一盘青椒炒鸡蛋。我和二姑婆边吃边聊，村子里发生的很多事情都让我难以置信。她告诉我，现在村子里总共只有五个孩子，村小学没办法办下去，这些小孩只好去乡中心小学寄宿。常住的人家由八十二户减少到现在二十四户，这二十四户的家里除了一个我叫表叔的因为脑出血半身不遂在家里，其他四十岁以下的男人都在外面打工。四十岁以上的男人也没有几个，去年有人去世，连抬灵的人都没法凑齐，没办法就把村子里几个上初中的娃娃叫回来凑的人数。

我想问二姑婆一个人住着，下雨的天气，没有人走动陪着说话的时候觉得瘆吗？但我却始终没问出口。

午饭吃过，太阳慢慢西斜，院子里静悄悄的，没有猫，没有猪，也没有狗，只有四只刚开窝下蛋的鸡安静地走来走去。想着二姑婆就这么一个人守着这么大的院子，这么一日日在重复着同样的平淡和寂寞，反反复复的日出日落，反反复复的一日两餐。她告诉我，她一个人的时候就一天做一顿饭分两次吃，日子就这么寡淡无味地过下去。或许是因为一天劳作的困乏，或许是连琢磨晚餐的兴致也没有，所以她一个人就这么过着没有晚餐的日子。

二姑婆取来木梯，让我从阁楼上取出一个大塑料袋，塑料袋里裹了一层牛皮纸，牛皮纸里又裹一层报纸，我正纳闷，二姑婆说："把里面的铺盖敞开晾晾，晚上咱婆孙俩睡。"

打开一看，是全新的大红丝绸面子缝制的被子，用红线细细缝制，原来这是她老早准备给孙子结婚用的，可是到现在为止，重孙子都生出来了，孙媳妇的面还没有见过，二姑婆笑微微地说："人家忙啊，年轻人有年轻人的日子要奔。我老了，还盼个啥？盼着他们一个个都平平安安的，盼着我自己手脚利落不给他们添麻烦，不到人家面前去讨人闲，盼着我能养几个鸡让他们尝个鲜。我活一天就给他们守一天老窝，指不定哪天他们在城里混不下去又得回来看天吃饭。赶明儿我要是一口气上不来呢，就这身衣服朝现成的棺材里一躺，两腿一蹬也就陪阎王爷喝酒去喽。"

偏厦房里真的有一副棺材，漆得黢黑发亮。

（四）三表婆和她的儿子们

第二天和二姑婆一起收完院子里晾晒的黄花，三表婆就来了。这个三表婆年纪要更大些，她的小儿子就是我小时候的玩伴及同学，叫钢娃。

和三表婆在一起是不能提有关儿子以及养儿防老的话题的，会惹得她伤心、愤怒。她原本有四个儿子，那时候她走路腰背挺得板儿直的。有一次一家的孩子没看护好牛羊，把她家路边上的一块正抽穗的麦地糟蹋了一小半，三表婆带着四个儿子直接在那家门口一站，那家二话不说就赶紧把家里晒得干干净净的麦子给她送了一整袋子。"家有四个儿子真是享福的命。"大家都这么说。

可是现在她的大儿子在外面打工染了肝病，回家休养不到半年就不治而亡，媳妇留下孩子改嫁他乡，孩子缺乏教养也不喜读书，就早早出去自谋生计，至今已有九年音信全无。

二儿子最是勤快。结了婚和媳妇一起把房子翻盖成了楼房，在煤矿打工落下一身伤病，发誓要把下一代变成城市人。为了不耽误小孩子读书，一家子放下新盖的楼房在城里租了房子，收废品供孩子上学。听说孩子大学快毕业了，却为孩子的工作愁得吃不下睡不着，还因此被一个骗子打听到了，精心设计了一个骗局。这个骗子穿一身制服拿一沓介绍信找到三表爷家，说是组织部专门派他下来寻访优秀的应届农村毕业生。三表爷也算是从部队回来见过世面的人，愣是被蒙住了，捎信给二儿子回来商量，一来二去不知怎么的就被骗了八千多块钱。我去年在静宁路见到他二儿子，整个人面黄肌瘦，一副蔫搭搭、愁巴巴、唉声叹气的样子，听说有六七年都没有回过老家了。

三儿子和媳妇都在内蒙古一个工地打工，孩子刚初中毕业就带出去上了两年技校，之后也和父亲一起打工，媳妇就在工地给爷俩做饭。听说攒了不少钱，村里有急着用钱的就去找他借钱。但是三表婆却不愿开口向儿子要钱，因为儿媳妇说，三表婆不是只有老三一个儿子，要给钱大家都得给，凭什么就该老三给？

小儿子钢娃的命运最是让人叹息，是跳崖摔死的。

当初因为最疼爱这个模样俊秀、性格绵软的小儿子，三表爷在快退休的时候就让刚高中毕业的钢娃去顶班，为的是他有一份轻松工作。为这事其他三个儿子还和三表爷生出些许隔阂，于是三表爷勒紧裤腰带，分别为他们三个盖了三套像模像样的瓦房，娶了媳妇，并说定小儿子钢娃结婚盖房一应费用都不再从家里支取。钢娃顶班后在本市一家粮食部门上班，具体做什么我也不太清楚。我大学毕业的时候曾经见过他一面，当时他留着时髦的发型，穿一双时兴的白底黑帆布帮子的老板鞋，个子高高的，很精神，见人就给发一支烟。后来又听说和一个城市的姑娘谈了恋爱，而且还一起看过三表婆的。然而不承想那个姑娘后来还是嫌钢娃穷，嫌他没房子、没电脑、没手机，不去和他领结婚证。当时的粮食部门已经不太景气，一气之下钢娃下海去了广州，发誓要在一年之内赚一笔钱再回来和姑娘结婚，可是一年过去了钱也没有赚到多少，和姑娘的感情却是此情可待成追忆了。据说他走后不到半年，姑娘就悄悄嫁给了一个个体户，结婚也没有通知他。等他回来找姑娘，反被姑娘的老公奚落讽刺了一通。现实、爱情、生活、工作的一系列打击让这个一直深受父母疼爱，一直在村里人面前充满优越感和自信心的小伙子无法接受，就这样疯了。后来被三表爷和钢娃的二哥五花大绑拖回村子来调养。在村子里他忽而狂躁，忽而痛哭流涕，忽而拿头在墙上碰得血流满面。他整日口齿不清，不停地自言自语："我没有房子，没有电脑，没有手机，跟你结啥婚？结啥婚？爱情是啥狗屁东西？说散就散……"就这么过了大概一个多月，病情眼见慢慢稳住了。

突然有一天村子里来了一辆小车，车上下来一个人拿着手机边走边说。钢娃当时正站在院边发痴怔，突然就跳起来不管不顾地疯跑。村子里哪个还撵得上，眼看着他直直往前急冲，一脚踩空摔下山崖……

这几件事之后，三表爷的身体就大不如从前了，基本上就是和三表婆相依为命，靠三表婆照顾，偶尔想摆摆象棋过过厮杀的瘾，竟然找不到一个可以应战的人。三表婆对我说："你表爷见你回来，叫我来叫你，你三表爷要找你下几盘哩，晚饭在我家里吃。"

我的臭技术说起来还是三表爷教的。当时暑假闲来无事，四处借书看，村子里的小人书我基本都翻遍了，就连手写的小楷线装本的算命书也拿来读过了。三表爷回村，我就问他可有什么书报没有，他就说没有书报，不如我们来下棋吧。就这样"马走日、象飞田"地走起象棋来，不用说，我学得很快，三四盘下来，他去一个"车"，我勉强能和他下个平手。他很高兴地说："孺子可教，孺子可教！"

现在想来他的技术也原本就很臭。当下拿了礼物去看三表爷，他坐在竹编的圈椅上，穿一身黑布的老头衫，瘦得厉害，起来给我递水的手居然颤巍巍的。我知道他的身体大不如前了，下棋是幌子，就是想找个人谝谝话而已，对于我来看望他们并给他带去礼物和水果，他很激动。他说："能回来看看我们这些老不死的就已经很感谢了，还带这么些礼行来，真是太细发了，看着村子里年轻人一个个出去，一年四季没得谁想起回来喽。这村子是越来越没得人气了，哎！"

（五）乡村的夜

说话间，三表婆已经把饭菜摆上桌子，有凉拌黄瓜、凉拌红薯粉、白水煮鸡蛋、腊肉炒干洋芋片、南瓜包子，看来她是在我还在二姑婆家时就开始准备饭菜了。四个人开始吃饭，三位老人不停地催我好好吃，三表爷自己喝着自家酿的柿子酒，我是晚辈，自然无须和他平喝，每次都只抿一小口意思意思而已。伴着酒菜，三位老人的话匣子打开了，在他们面前，我只需做一个安静、有礼貌的倾听者就可以了。

是的，在他们面前，在乡村面前，我回来的目的就是倾听。因为电压不稳定，电灯忽明忽暗的，整个村子里没有犬吠，没有归槽的牛妈妈、羊妈妈呼叫调皮的小牛、小羊羔的"哞哞"或"咩咩"的声音，也没有追逐打闹的孩童欢快的嬉闹声。墙壁是静的，电视机是静的，昏暗的灯光是静的，三位坐在我面前穿着深黑色衣服的老人也是静的，就连从傍晚的清凉空气里偶尔传来的三两声蛐蛐的鸣叫声也是那么静。我突然讶异地感觉到一种向死亡逼近的寂静和寒凉，陈旧的灰色木楞的窗，被岁月侵袭的黑色檩条和布满沧桑的石瓦的缝隙，都堆积着一种对宿命无奈的认可、顺从，一种对静寂的生活习以为常的寂静，一种让我惴惴不安的寂静。

这还是我原来的乡村吗？

我听着他们用平静和缓的语调说起今年的退耕还林和籽种补助款，又拿出信合发的存折给我看，说现如今政策真是好，从古到今没见种自己的地不给国家交一分一厘国家还给补贴的，又闹不明白为啥今年的补助比去年的少。他们又说起后村的一户我叫表舅的人得了肾衰竭，祸不单行，表舅妈又检查出糖尿病来，三个孩子都在上学，今年又没有申请到低保指标。又说起谁家的猪又被贼偷了去，贼吃定那家只有三个没力气的人：一个是从工地回来折了腿，另两个是七十多岁的老汉和同样年迈的老婆。那贼径自停了车，把他家的门从外面锁了，抬猪的时候猪嚎得跟杀猪一样，还听到有人大声说："快把嘴捂上，捂上！"知道对方是来偷猪，四邻浑直没有一个精壮劳力，硬是不敢出去堵贼。辛苦喂了一年的猪，倒给贼上贡了。现如今村里没有精壮劳力还喂啥猪呀？我听得他们说的这些，心里仿佛塞进了一团乱麻，划拉的五脏六腑像猫在挖抓一样。

吃完饭已经快九点了，告别了三表婆一家我就和二姑婆一道回去睡觉。老人给我烧了一大锅热水要我洗了睡，她自己简单洗漱了一下就上床了。我看看水缸里剩下不多的水，想着这些水都是老人艰难地半桶半桶从山下挑回家的，心里十分不忍。添了把火把水烧开又把两个热水瓶给灌满了，才拿了木盆，舀了锅里剩下的热水来到院子里泡脚。

四周还是静。

一种乡村夜晚独特的静，一种能让你的血液不由分说减缓流动速度的静，一种空气中混合着林木、草叶和乳白的雾气的静，一种让你感觉出生命的渺小和天地大美的静。

乡村睡着了。

在乡村坚守着的年迈的老人们，让我联想起在瓦尔登湖畔生活的梭罗。无论他们的生活方式有多么相似和接近，他们的生存目的、生活意义毫无疑问都迥然不同，后者充满了对生活意义，对生存方式的探索、追问、思考和验证，而前者更多的是基于习惯的力量和对于城市生活的畏惧，对于宿命无奈地接受和认可。

诗人说："黑夜给了我黑色的眼睛，我却用它来寻找光明"。乡村给了我们一颗柔韧、向善、敏感而跳动的心，我们却用满腔热情去拥抱城市，不管这个城市是如何向我们摆出一副冰冷而坚硬的面孔；乡村给了我们健壮的体魄，她用她并不丰满的乳汁养育了我们，她用她的慷慨、她的宽容、她的敞亮、她的无私、她深沉的爱成就了我们，成就我们一个快乐的童年，成就我们成为一个无忧而安静的少年，而我们却最终选择了逃离，我们决绝地走向城市，向城市迷离的霓虹灯投去我们热忱的、卑微的抑或是献媚的目光。

乡村，我们走了，留给你的是寂寞、是衰落，是无人耕作的田园。如我们父亲一样敦厚淳朴的乡村,如母亲一样宠爱、怜惜、护佑着我们的乡村,当你背井离乡的儿女在城市里伤痕累累的归来,你不声不响地接纳他们。当他们在城市里受到排挤,深入骨髓地感受到在城市以钢铁水泥建造的高楼间生存的艰难,感受到来自明亮的玻璃门窗撞击的尖锐疼痛的时候,他们又回到你的怀抱寻求慰藉。你一次次无言地敞开胸怀,用一掬甘凉的山泉洗涤我们的浮躁。

然后我们休养生息,我们再次奔赴城市,再次告别你,留下一个安静的乡村,一个寂寞的乡村,一个不再充斥着鸡鸣狗叫牛羊撒欢的乡村。留下一个缺失年轻血液给养的乡村,留下一个个年迈的,身穿缁衣、步履蹒跚的老人,与你一起看风吹看雨落,看月落日出,看春去秋来。

(六)缁衣蹒跚的乡村

第三天一早去给母亲上坟,我安静地坐在母亲的坟前,听晨风吹拂丛林和绿草发出的声响。山腰处一位穿着黑色衣服的老人佝偻着背,挑着两只塑料桶去山下的水井取水。他的背影在杂草密布的小径间时隐时现。对面的玉米地里,一位穿着灰黑衣服的老人挎着篮子摘南瓜,等她艰难地从玉米地里爬起来,再去伸手取篮子的时候,沉重的篮子倾斜了,南瓜咕噜咕噜滚下去,滚下一垄长满荒草的地,又滚下一垄铺满红薯叶的地。她心疼地看着慢慢滚远的南瓜,再次无奈地爬上玉米地,去挑选新的南瓜,重复着刚才的动作，终于把南瓜提到平坦的路上，她停在那里，一下下捶着自己的腰。

他们都是我熟悉的能叫得上名字的老人。太阳照着，和风轻吹。可是这些穿着黑色衣服蹒跚的老人依着乡村的简单、纯净和安宁，却让我生出无比疼痛的忧伤。记得"月光如水照缁衣"的缁衣之缁，便是黑色，黑色是夜的颜色，是在夜里依然睁着的双眸的颜色，是在沉静里让你看不见悲伤的颜色。一直以来，在所有的色彩中，黑色都有牺牲自己衬托别人的美德，如夜的璀璨星辰衬托了天空的遥远和月亮的明净，是黑色牺牲自己衬托出更为光鲜亮丽的布景。那些在绿色乡村蹒跚的黑衣老人，他们把自己的生命和乡村融为一体。他们在绿色的、安静的田野间蹒跚行走，他们弯腰挥镰，他们播种、收割，劳作不休……

我决定回去，我怕我短暂的停留会给这些热忱的老人带来负担——心理上的负担和身体上的负担。我更怕乡村更多真实的信息和景象覆盖了我最初对于乡村的美好怀想。当我悄悄坐上回城的汽车，我还是忍不住向后回望，看那些缁衣蹒跚的老人定格在青山绵延的绿色的乡村画面中。

陟彼南山

门前的竹

门前有水，水边有竹，水声潺潺，竹叶沙沙，风来影动，叶叶枝枝，轻轻摇曳，自有一番别样的情趣。

我靠着门，对着竹，就觉着那竹有着说不出的灵性，枝枝叶叶，不纤不蔓，根根节节，色味俱空，岁岁年年，净水清竹，寂寂无语。他们彼此之间无言的默契，竟让我望竹兴叹，恨自己不能与其水枝交融，相伴明月清风，夜半鸣蝉。

是的，我不能。我只不过是芸芸众生中的一个，在自己狭小的时空里不停地耕耘，忙碌着尘世的琐碎，重复着日复一日的疲惫。我站在三尺讲台上，在那些纯真的目光中，为生活，为信念，让如雪花般的粉笔灰飞扬在我青春的宣纸上。我背负着沉甸甸的希望和不可推卸的责任，踏响岁月艰涩的行板，匆匆的，沉沉的，甚至不容我呼出一声叹息。

假若生而如这竹，将岁月的伤或痛，时光的悲或苦，人生的辛劳和疲累，顺四季的轮回随风而去。风雨中洗去的只是那些暗淡的忧郁和难以释怀的哀愁，留下的只是如这竹一般酣畅淋漓的碧绿和娴静自如的潇洒。

假若生而如这竹，生存的意义便不关乎名利，亦无所谓金钱，心的田园里伫立的只是同伴们和自己并立的玉姿，心的田园承载的只有同伴们心脉相连的坦荡、风雨共济的友谊。

而我不能。

于是我只有放纵自己的想象，在许多时候，握一杯水，倾听它们的私语，看着它们无言的呵护、爱抚以及深情的相视；体会它们之间难以言说的沉静和世俗无法逾越的温柔和缠绵。

我于是每每发觉出身为俗人的种种卑怯、无奈和孤独，我永远想抵达这些竹的境界，抵达我无比清楚而难以企及的一种境界，像它们一样，在沉静和友爱的世界中根植人类自己生生不息的信念和希望。

"高山仰止，景行行止，虽不能至，而心向往之。"于是，在我心灵的深处，将永存一处一尘不染且澄净的角落，在那儿憩息着我灵魂的影子。具体如这片竹，清静如这片竹，至善、至美、至纯。

譬如紫薇

（一）

我竟然，看见这么多盛开的紫薇！

而且，这一次她们竟然是联袂而来，仿佛一场蓄谋已久的盛演，她们以密林的姿态，仿佛海涌的云霞一般，在以阳光和翠绿的山川为背景的巨大舞台上摇曳生姿，风情款款，一个气势磅礴、繁花似锦的巨大舞台就这样震撼出现！

每一株都盛装而来。她们舒展的枝叶婷婷，她们妖娆的身姿卓尔，她们密集的紫色的、浅粉的、深红的花瓣队列整齐地铺排成大片热烈的云霞，柔丽的花瓣仿佛丝绸，娇柔且蕴含着自然独有的芬芳气息。枝头上，阳光下，等你驻足，容你细看。她们率性盛开的样子，娇羞而烂漫，清丽而庄重。

每一树紫薇都摆出少女般轻盈窈窕的身姿，又仿佛都在凝神倾听来自夏风的指挥，绿色的枝叶是款款裙褶，她们是如此庄重而全力以赴地用生命来向世界诠释生如夏花的真谛。

置身于紫薇丛中，我仿佛听见她们默默的呼吸，听见她们的窃窃絮语，烈日蒸腾起大地的湿润气息，花丛中温润细碎的生息连绵不断。

她们在诉说什么？她们在歌唱什么？她们在期待什么？她们在笑什么？

远处的荷花，近处的稻穗，身下的沃土，头顶的烈日，轻盈飞旋的鸟儿，田园和溪泉，都在聆听，我也在聆听，聆听紫薇。花朵浓郁绵密得让人喘不过气，在花团锦簇的围追堵截中，我甘愿做一个幸福的俘虏，任由旁逸斜出的紫薇的枝杈们，举起她们轻盈的衣袖，捕获我空乏落寞的灵魂和倦累的肢体。

"独坐黄昏谁是伴？紫薇花对紫薇郎。"

忽然就想起故乡村庄里的那些紫薇了。

（二）

听奶奶说村子原是没有紫薇的。现在的紫薇源于一次辛苦的"背盐"。

他和她相识于遥远的他乡异途。彼时，他是穷苦的百姓家的长子。她是"盐背佬"们漫长跋涉的驿途中小小旅店的老板娘的侄女，在店里帮忙打理旅店的生意，烧火上茶。

他们在旅店相识，然后相爱。一次次的等待和送别，一次次日暮苍山后的风雪夜归，他用自己的真诚和勤劳、朴实和俊朗说服了旅店的老板娘，允许他带她回去成亲。

彼时的旅店外面，山林滴翠，紫薇摇曳，山风吹过，她绯红的脸颊宛若深红色羞涩的紫薇。

谁知造化弄人，他的母亲染病而殁，他的父亲很快另纳了本村一位富家男子的遗孀。这位遗孀总是怕自己没有亲生的后人老来会受罪，就想把自己的亲侄女嫁给他，于是伺机寻衅滋事，和极熟悉的邻居找茬责骂刚刚做了母亲的她。

每每等他出门，她们便上门吵骂。要强的她暗含着委屈，且娘家又在遥远而贫瘠的他乡，她只能诉说给他听。时间久了他也渐渐不耐烦起来，终于有一天也受到了邻居和后娘的挑唆，不明就里的竟然也以为是她的不是。

鸡毛蒜皮的小事累积得越来越多，他渐渐同意后娘的建议，休了她，另娶后娘的侄女。

于是她带着两岁的小女儿，回到那个遥远又破败的旅店，后来又接管了旅店的生意。

但是很奇怪的是，他和新婚的妻子并不幸福。新婚妻子自从产后总是百病缠身，恙而失神，根本无法帮他料理家务。

经营旅店的她得知他的情况之后，托人不远万里为他移植了家乡的紫薇，并叮嘱他每日用紫薇的花叶泡茶给妻子喝。几个月之后，他的妻子竟神奇地痊愈了。而他，每每在黄昏、在清晨，在紫薇树下站着，默默抽烟，到后来，紫薇花开的房前屋后到处都是。

记忆中的那些紫薇，无一不是孤单且孱弱的样子，我见犹怜。虽然紫薇的花期很长，几乎从六月开花，直到秋风萧瑟的十月也还有零星的花朵，仿佛为了证明什么，坚持着，努力且辛苦地保持着盛开的样子。

（三）

紫薇，以数千万瓣蕊叶，挨挨挤挤、密密匝匝地连成一片海。她们在骄阳下踮跹，她们和远山对望，她们和云霞媲美，她们在田园间摇过去荡回来，摇曳生姿的花红要幻化为如火的轻纱，浮在月河河畔，依偎着鲤鱼山的峰峦。

成片的紫薇，成花海的紫薇，成观光意义上的紫薇，妖娆而茁壮的紫薇，她们，是如此蓬勃而妖娆地盛开在我的眼前。

这样的紫薇花海，连接着城市与乡村，将移植、开拓、创造、汗水、智慧、人类田园生活和城市生活有机结合。

这样的紫薇花海源于人类对于美好生活的真切梦想，源于城市和乡村共同孕育的繁荣梦想，源于一个稳定而富裕的社会基础之上的美好信念。

青山含黛，紫薇成海，荷香，鸟鸣，纷纷飘落的花瓣，繁花似锦的阡陌，这一回，且让我放歌山野，竹杖芒鞋轻胜马，做一个且听穿林打叶声的归人，就算脚步匆匆，也容我掬一捧月河流淌的溪流，携一缕陕南的晨曦，在汉滨的炎夏，在紫薇盛开的花海里，徜徉在紫薇缤纷的阡陌上，沉醉不醒。

就让已然辞别了春天青涩的晨珠浇灌一株摇曳的紫薇，而后跌落在你书写着思念的宣纸上，以山河为媒、以日月为证，把心事藏进紫薇的芬芳里，化成七月的如酒热风，给你煮一壶令此生不醒的酒，融化你于紫薇妖娆的柔情里，让你再也走不出。

且让光阴如紫薇般绯红，让生命如夏日的紫薇绚烂璀璨，一生绽放一次。

当花瓣离开花朵，当尘埃最后落定，当芬芳消散在空气中，那个曾经盛开在你生命中的如紫薇的女子，用一朵花的纯净，与你的记忆永生，将悲悯镌刻在你的灵魂深处。

生如紫薇，只管在时光最绚烂、最热烈的时刻开好自己的花。

（四）

"前人栽树，后人乘凉。"我们的城市在变得更加美好，我们的乡村在变得更加美好，我们的生活在变得更加美好。

在这片土地上，紫薇和我们的梦想同在。

花海和我们的幸福同在。

村庄和我们的城市同在。

你，我，我们不是一直都在寻找一个可以放置我们灵魂，一个清雅的世外田园吗？在三村，庭院和户外开满了紫薇，荷塘和稻花近在咫尺，一伸手，便可以触摸到你想要的那一朵。蛙鸣声声，清风徐徐，青砖黛瓦，竹林摇曳，在这里就能轻易地丢掉繁杂的过往。抛开尘世的纷扰，闻着花香，沐浴斜阳，送走黄昏，迎来月光。

在三村，在紫薇花盛开的地方，有我们梦里的故乡。

传说，当你和你的真爱一起在紫薇树下十指相扣闭上眼睛时，就可以感觉到天堂的模样。如果你还没有遇到真爱，那么请你在紫薇树下默念自己的名字，轻轻碰一下紫薇树，许下自己的愿望，当它微微颤动，那么，你想遇到那个人，不久就会遇见。

　　你信或者不信，你爱的人一直都在，就在这个世界的某个地方等着你。

　　就像盛开在三村的紫薇一样等着你。

夜来香

她实在是太不起眼了。

在卖花人的架子车上，她，柔绿的叶芽儿在五彩缤纷的花卉里，仿佛天鹅群里一只苍白而瘦小的丑小鸭。

可是我还是看见了她，也许正因为她怯怯的小可怜样儿让我心生爱怜。

"这是什么花儿呀？"

"夜来香。"

"一点香气儿都没有啊。"

"要等长大了，夜里才香。"

于是我买了她，与其他花花草草一起放在阳台上，她的四片小叶儿羞怯怯地支棱着，恨不能藏到门背后。

就连一向细心且对花草呵护有加的父亲也常常忽略了她，忘了给她浇水——她太不起眼了。

春去夏来，她还是一副稀稀疏疏的样子，在阳台的角落里，像个素面朝天又苍白又瘦弱的小女生。

没有人管她。

我几乎忘记了她的名字。

在一个月朗星稀的夜里，天气很热，空调的噪声让我莫名其妙地烦躁，于是索性起来到阳台上喝水看月亮。

一阵沁人心脾的幽香让我心神一振。

咦？再闭眼深呼吸，呵，好清幽的香啊。

是她——夜来香！

她细小的花蕾在月光下舒展开来，笼着一层柔和而圣洁的光芒。每一小簇花都仿佛在细声低语，每一片小叶子都仿佛一只轻摇的小手在召唤，每一丝尚未绽放的花絮都仿佛是睡美人细长的睫毛。

一花一世界，一叶一菩提。

我忽然知晓了无数在沉寂中默默无闻的生命定然都有着自己璀璨的一刻，如我不知，是我没遇到，或是已经错过。

我也自知，在自己有限的生命中也定然错过了很多弥足珍贵，让自己的灵魂震撼的美丽。

如果不是因为这热，我也将与这幽香的夜来香永远错过，因为我正打算扔了她换盆牡丹或月季。若如此，真是遗憾。但今夜，我却如获至宝。

看彼岸的石如莲花盛开

一颗被城市的喧嚣所囚禁的心，由一条宽敞的公路指引着，穿过闹市，穿越大片层叠的梯田，穿过一些绿树掩映的村庄，便近了这世外桃源般的清净去处：石泉莲花古渡。

人间四月芳菲尽，闹市的花儿多半已凋落，而此处，嫩黄的油菜花，粉白的杏花，却正热闹地绽放着。那一树树未经人为修理的野桃枝，亦蜿蜿蜒蜒地缀满了殷红的苞蕾，恰似婴儿饱满柔软的小拳头，紧攥着关于春天的一切秘密。随依山势而逶迤的石阶漫步，空气愈加润湿清爽。开始吐露鹅黄嫩绿的枝叶，清清淡淡的新色，漫不经心就装点了黛青的山襟，间或还有开得正热烈的油菜花，此番景致，远观抑或近看，都是一幅丹青高手信笔挥就的作品——含蓄、淡雅、悠远。更为惊喜的是那山坡岭间，淡紫、浅粉、嫩黄的小花随处散落，素淡的颜色，娇怯的模样，每看一眼心里都暗暗升起丝丝缕缕的爱怜与疼惜。

山中的空气里氤氲着草木水汽的清甜和幽香，河水清澈，微波潺湲。向对岸望去，便看见具有喀斯特地貌特征的万亩石莲。心中禁不住感慨：石头竟然可以开花？开出一朵朵这般端庄娇羞、仪态万千的莲花。石头，居然可以如此永恒生动地复制出莲花绽放的姿态和灵动的美。石头或卧，或挺，或如莲花开，或如莲花含苞待放。花开盛如锦，花繁叶如瀑，花白如凝乳。无怪乎："白石磷磷出水崖，烟波万里两岸花；汉江日暮青如许，恰似风进荷叶家。""莲花石"是大自然鬼斧神工造就的，是凝结着岁月吻痕的奇迹。

以最适合静坐冥想的姿态，看一朵吸足了山水精华而气定神闲的莲花石。感受他们含蓄内敛的气质、端庄沉静的气度、淡定从容的意境，不自觉间释放了尘世的烦累。

静静地端详，这些集日月之精华，聚天地之灵秀的莲花石是不是参透了禅机？所以能这般骄傲而淡定——忽略风、漠视雨，忽略人世间一切的迷茫，不计较，无羁绊地寂然盛开——闲看夏花秋月，静对这山水空灵的四季。

我静静地看彼岸的石头如莲花般盛开。

莲花石就这样住进我的心里了。

我的心也成了一枚小小的石头，盛开成莲花的样子。

燕栖湖：在米酒浓香的柔波里沉醉

撑一支长篙，向碧波荡漾的湖水深处慢溯，湖畔的绿树和两旁高而险峻的青山倒映在水中，微风轻拂着，带来古镇米酒的浓香，心事在竹篙的拨弄中随着一圈圈泛起的涟漪无影无踪。

于是泊了舟，横了篙，执了爱人的手，向碧波的深处悠闲而去。四周很静，静得只有清凉的微风，只有鸟儿娇柔婉转的呢哝。碧水对着青山，奇峰伴着秀岭，市井喧闹离得是那么远，仿佛是另一个世界的了。有的只是眼前这一湾沉静的祖母绿般摄人心魄的晶莹。在湖水清澈的柔波里，在米酒的浓香里，时光都显得多余了。你不由得要醉了，可是你不可以就这么醉，你怕自己醉了，忘记了来路，忘记了归途。

你不由得要问自己人是不是可以就凭了对眼前这些山这些水的这份喜欢，便从此散发弄轻舟，渔歌对晚酒，傍岩西宿，细雨不归，斜风不虑，在此后漫长或者短暂的余生里，任世事荣华都顺了风、随了水？可不可以就如此简单、纯粹终了此生？

只是不知道自己的前世有没有修来这般的福气呢？当我面对着燕栖湖，面对着这片长约 2000 米，宽约 50 米，水深约 2 米，面积约 10 万平方米的碧绿清澈的水域的时候，我不由得发出这样的叹息。只是我轻轻地叹息和疑问并没有唤起湖水丝毫的涟漪。

　　燕栖湖，深藏在秦巴腹地的深处，富水河的上游，距石泉县城约 50 千米，是在出熨斗古镇向西行五六分钟的地方，镶嵌在两座相对而出的峻峰之间的一个湖。其正上方便是闻名遐迩的西北第一大溶洞——燕翔洞。四月中旬的一天，我自石泉县城出发，后经柳水乡过熨斗古镇来到这里。时至暮春，湖中鱼虾成群，游鸭戏水，水鸟翩跹其上，竹筏穿梭其中，青山翠峦倒映湖中。我既感受到了"空山新雨后"的清新，也感受到"鸟鸣山更幽"的空灵，还感受到了"山头斜阳却相迎"的欣喜。

　　燕栖湖用她最自然、最简单的美和摄人心魄的气质轻易地俘获了我的心。置身燕栖湖中，宛如人在画中。在一片安静、浓郁的绿色里，在清新的空气里，尘埃遁失于无形，浮躁消弭于无踪，我感觉似乎有什么东西慢慢地从我的肺腑之间随呼吸释放出来，一种灵魂被洗涤的快乐和幸福弥漫在身体的每一个角落。目光泛游于沉静的山水、清澈的碧波之中，于是我也有了庄子的悠游和脱俗。

　　燕栖湖，你究竟是凭了什么，就让我如此轻易地生出了一颗厌倦红尘的心来？燕栖湖，你简直就是一个温柔的杀手，用你的美、你的含蓄、你的不露声色诱惑着每一个见到你的人丧失离开你的勇气。

燕栖湖，且让我把一颗心，安置在你透明清澈的湖水里吧。

燕栖湖，且让我就这样在你温软的柔波里涤去奔波的疲惫，忘却尘世的烦扰吧。

燕栖湖，且让我在古镇米酒的浓香里，在你静谧的柔波里沉醉吧！

熨斗古镇，还有多少是我没有触摸过的从容

那仿佛就是一个遥远而从容的梦。仲春的一个午后，窗外守候着我的年轻的母亲，她正把晒洗干净的棉被慢慢拍打，窗台后的花正在盛开，阳光照在她背对着的厅堂的一张年画上，年画是大红的底色，浓艳的梅花枝头上是一对画眉，上写"喜上眉头"；正院里的一些小鸡正在悠闲地觅食；一些燕子在门前的树影里悠然呢喃；村前流水哗哗作响，杂木葱茏，蔬菜郁郁青青；那些傍着青山的村落被一块块浓墨重彩、如织如锦的金黄油菜花渲染得祥和喜庆；牛羊觅食，村童嬉戏……

四月中旬的一天，当石泉熨斗古镇呈现在我的眼前的时候，我竟然一点也不讶然我从未来过这里。这里的一草一木，这里的一砖一瓦，这里的老幼妇孺就仿佛一直根植在我生命和灵魂的深处，从不曾离开过我。来到这里，我一如来到自己灵魂的故乡，感觉是如此亲切。一间房屋紧挨着一间房屋，一个庭院紧挨着一个庭院，一条小巷穿过去，仿佛一条安静却不似那个结着愁怨的姑娘的"雨巷"。

古镇古老的戏楼无声地诠释着生命的达观和从容。岁月的苦难可以随清泉轻轻流走，岁月的欢歌却从未远去，在这古老的戏台上，人们发出过多少感慨。没有人告诉你我古镇曾经的辉煌和繁华。轻轻地踏响古镇的石阶，仿佛踏响一段古朴久远的历史。对着石阶的一家人正坐着吃饭，一桌简单的饭菜，却那么让人垂涎；另一面，一家子当厅摆一张朱漆斑驳的木方桌，桌旁围着四个白胡须老者，他们正在安闲地打那种细长的"老牌"，安宁从容和怡然自得的神态令人难忘。我经过的时候，忍不住想给他们拍张照，想了想，还是作罢。纵使我能用一张照片留下他们对生活的从容态度，我又怎么可以拿一颗被喧嚣浮躁浸淫的心去揣度他们那被岁月淘洗过的老人那从容的心境呢？

慢慢走过古镇，站在古镇村口的水边，看清澈的泉水缓慢流过，水草柔软，鱼虾在其中嬉戏，细柳空蒙如烟似雾，四下里鸟声鸣翠，我的心忽然就忘记了自己原是自喧嚣的万丈红尘之中走来的女子，不自觉地向身下的这一弯碧波俯下身去，以比沙石更低的姿态，轻轻握住水中一枚石子，感受它的静美和从容，那么多的石子，那么多干净的闪烁着岁月智慧的石子，你们中的哪一个能告诉我，熨斗古镇，还有多少是我没有触摸过的从容和优雅呢？

南羊山：寂寞让你如此美丽

夜宿旬阳西沟。

同行的人都还在酣睡，四周静悄悄的，我怕自己醒来发出的响动打扰了同室一起来采风的几个文友，就悄悄披衣起床，院子里只有夜虫偶尔发出一两声清幽的鸣叫，衬托出夜的宁静。夜凉如水，风清如梦，天上没有星星，也没有月亮，整个西沟都睡着了，没有狗吠，没有灯光，只有静夜下静默的南羊山在夜色的映衬下显得愈加清晰、巍峨。

一层薄雾笼罩在南羊山上，整个山体焕发出朦胧而轻柔的梦幻墨绿。南羊山高峻挺拔，厚重中蕴涵着一种被岁月浸染的沧桑感。白天所看见的成群的鸟儿，不知名的大片艳丽的鲜花，以及瀑布和溪流都在南羊山的怀里酣然入梦似的。山顶之上是沉静、深邃的天空，一种寂寥、渺茫、广阔、安详而没有边际的感觉如水般层层漫上来，漫上来……

这一刻的南羊山，也只有我看见吧？我想问：是什么让你在尘世的喧嚣和浮华中能够如此从容？是什么让你在历经岁月的风霜沧桑之后依旧如此安详静好？是什么让你在这样纷繁热闹的红尘盛世中还保持着如此这般遗世独立？

我不是你，我不是山，我无法用人的思维去揣度你的情怀。你用自己绝世独立的气场，诱惑我放弃作为人之所以为人的一切：我不再思考，不再讲话，我无怨亦无恨，我无忧亦无悲，我无须为迎合什么而笑，我不再为了使自己看起来和别人一样，而去说那些我本不想说的话，我更无须惦记网络上日日更新的一切，无须关心商场里今天新上的名牌，这个时刻，我心怀淡淡的喜悦和宁静，变得无比安定，安静敦厚的南羊山吸引我抵达我向往已久而从未抵达过的宁静和平和。尘世始终如一的喧嚣，身处其中，我常常对于生活的随波逐流的状态而无能为力、烦躁和自责。一直以来我都想逃离那些人头攒动、言语沸腾的喧嚣和浮华，去寻找一个可以随意做自己想做的事的地方。

时间也仿佛静止不动了。正是一年中植物生长最蓬勃的盛夏，也是山林中一年中最丰美的时节。一场夏雨刚过，似有似无的清凉夜风送来植物馥郁的清香。想起《诗经·郑风·野有蔓草》："野有蔓草，零露漙兮。有美一人，清扬婉兮。邂逅相遇，适我愿兮。"此时此刻对我来说，这里的"有美一人"，即是对面与我无语相望的南羊山吧。我便是南羊山怀里的一株草，沾染着山林晶莹的露珠；我便是南羊山怀里一枚安静的石头，惬意且无忧。

我去过大理，去过漓江，去过阳朔，去过张家界，去过苏杭，那些地方到处都是人，熙熙攘攘，摩肩接踵，风景自然不必说了，只是那么多的人，内心里想要安静的需要就被搁浅。一趟旅行下来，你感觉自己更加疲惫、更加浮躁，你的心充满了更多无处安放的喧哗，你倒贪恋起独自待在家里的舒适和随意了。南羊山却给你完全不同的感受。南羊山地处旬阳东北部，面积广大，喀斯特地貌分布广泛，集溪、潭、洞、瀑、石、峰、崖、泉、湖、林、坑、井、草、暗河、溶洞、高山草甸于一身，有"传承秦巴之雄，灵蓄南国之秀美"之说。登南羊山山顶，可北望秦岭巍峨蜿蜒，太白之积雪气势磅礴；东望楚地千里云山，雾海连绵宛若仙境；南看安康巴山层峦叠嶂，奇峰秀美毗连而立。游客可沿西沟登南羊山，沿途峡谷幽深，杂树凌乱，浓荫蔽日，野花飘香，清风徐来送爽。这里所说的西沟，位于陕西省安康市旬阳北部公馆乡西沟村，南羊山主脊山脚下，它是汉江中游北段旬阳境内秦岭山系的一个融自然山水与人文景观为一体的复合型旅游区，其核心景区距县城80千米，距西康高速小河口30千米。此时，乡村的稻谷还在拔节抽穗，玉米刚刚可以掰下来煮着吃。农人惬意地抽着烟袋锅，在晚风轻拂的桂花树下面小憩。在几乎没有什么游客喧闹的时间里，在南羊山最美的时节里，和南羊山相遇，不知道我是前世什么时候修来的福。

我坐着，夜里独对着南羊山的安静。我无语，山无语。风吹过，耳畔的发丝轻轻飘动，无数秀美的林木青草摆动柔长温软的枝叶，我不用伸手也可以感受来自大地和山林的清凉，花香散漫地飘在空气中，时光忘记了我，我亦忘记了时光。我幻想自己是南羊山怀里的一枚丑石，可以和他岁岁相守，我亦幻想自己是南羊山腰上的一株草，成为点缀他的绿荫。

我想，对我这个从尘世中走来，心灵布满了尘埃和喧嚣的女子来说，内心的安定和宁静应该来自无人打扰的寂寞吧。像歌词所说："今夜的寂寞让我如此美丽，并不需要人打扰我的悲喜，今夜的寂寞让我如此美丽，并不需要人探望我委屈。"在无人惊扰的幽静中，在干净而清凉的南羊山中，我把自己坐成了一枚安静且清凉的石头了。

别梦依稀桥儿沟

　　仿佛是一次被上弦月暗许了柔情的艳遇，我竟会不期而遇地看见桥儿沟在朦胧如纱的夜色之下的容颜：温婉，有着古典写意的素雅和安宁，仿佛是那不经意间抬头的女子，眉眼淡定且恬静，一眼看去，便让你的呼吸都变得从容舒缓起来，连空气也宛如有了草木的清香。

　　涧水从青石铺就的台阶下汩汩而出，宛若琴声，柔丽婉转。沿着两旁有着成串红灯笼的回廊拾级而上，一条小巷紧挨着另一条小巷，一间古旧的院落紧靠着另一间古旧的院落，马头墙上稀疏的野草仿佛曾经横陈的往事，暗示着岁月流逝的沧桑印记。

　　我也走过一些古镇：同里，西塘，乌镇，婺源……但它们无一例外都是平铺于地面的风景，没有一个古镇像桥儿沟这样，像一棵大树一样有着不断向上延展的姿态。桥儿沟是一条沿着两旁的山势依山上行的古镇，沿着山顶方向走势的河街两旁，有许多通往不同方向的幽静小巷，两旁古建筑和仿古院落依山而建，就弯而筑，沿沟岸山势向上绵延，非常险峻，院落与院落摩肩接踵，各具形态，错落有致，左右相对，咫尺可望，站在东边可以和西边的街邻说说笑笑，站在二楼也可以和对面的人家互相拉话。建筑有着别致的、不对称的自然之美，同时也印证着白河人的生存智慧和谐。

一条并不十分宽阔的深涧紧依街巷，曲径蜿蜒，伴着449级台阶自下而上，使整个街巷似天梯，如蛇行，或弯或直，或陡或缓，或左或右。右侧崖壁依然残存着几处泉井，青苔斑驳的墙面满沁着岁月磨砺的沧桑，每向上走一步，你就感觉自己离月亮更近一步。

是时，一弯弦月注视着我，也注视着这座有着500多年历史的古镇。忽然想起有人说过："任何一种环境或一个人，初次见面就预感到离别的隐痛时，你必定爱上他了。"

是的，当我离开桥儿沟的时候，我心里想着的就是什么时候可以再去看看，再去坐在古老的青石台阶上，听一听涧水从身旁流过的声音；看一看石阶两旁古老院落的马头墙上斑驳的苔痕，盘绕斜挂的藤萝；望一望古朴沧桑的门楼上镌刻的"天池关键"几个大字的筋骨丰肌；想一想曾经南来北往、川流不息的古老大院里的人声喧哗，当年的贩夫走卒，当年的小家碧玉，当年的江湖夜雨，都宛若流逝的江水，不知所终。如是，你对生活的态度会不会多出一份豁达，多出一份淡泊，多出一份从容？对命运的得失和悲喜多出一种理解和宽容？

日日浸润在这样古镇的韵致中，兼具秦人之骁勇果敢和楚人之婉约含蓄的白河人，就算是身处这样的偏远山涧，也依然坚持着把柴米油盐的日常生活过得精致从容。白河"三点水"大概能够印证白河人骨子里对精致生活的那种积极且认真的追求吧！

白河"三点水"大概因为前后必须上三轮汤菜，每一轮汤菜因为味道不同，中间会上一碗清水，用来涮去客人们喝汤时勺子上沾着的菜味，使喝汤时不串味（第一次吃三点水的客人，还会闹出喝掉清水的笑话），清水盛放在精致的白瓷汤碗中，上面精心点缀着时令的花蔬，有时是一两颗深红的枸杞，有时候是一些时令的花瓣，桃花、樱花、桂花等，看起来赏心悦目，每次涮勺子像蜻蜓点水一般，这就是三点水。吃"三点水"前，一般有四个凉盘：卤制牛肉、猪头肉、猪肝、缠肠（或香肠或花生豆），四碟小菜，中间放一糖果干盘。入座后，八道菜：肉糕、鲜鱼、蒸鸡、肚片、羊肉、猪蹄、腰花、蒸酒米。八道菜之间会上三次汤，第一轮是鸡汤、羊肉汤等咸味的汤，第二轮是黄酒汤圆等甜汤，第三轮是素菜汤。白河人劝酒劝菜的功夫真是了得，谈笑风生中，醇厚浓郁的桃花酒、木瓜酒伴随着白河独特的翘舌音，令人不知不觉间酩酊大醉，只把白河当故乡。

真是不能再说了，想一想就要唇齿流涎了。

白河人如此烦琐精致的"三点水"均是由白河男人做的。这听起来实在是很有意思的一件事，中国人向来厨房的活计多由女人完成，但白河人骨子里却有着对于女性发自内心的尊重，他们怕"三点水"繁复的工序累着了自家的媳妇。不远千里嫁到白河来的女子，都是看中了白河淳朴的民风，尤其看中了白河男人的热忱和骨子里对女性的那份尊重和细致入微的呵护。

水色白河依着清透滢澈的汉江，育出了白河女子的丽质天成和明眸皓齿，白河男子用秦人的刚勇果敢肩负起养家糊口的重担，又用楚人的婉约和温情把对女性的柔情演绎得淋漓尽致。在桥儿沟，我所见过白河的女子，一律身材玲珑窈窕，有着山野草木自然的气质，温婉且从容；我所遇见的白河男子，初见之下竟有着不染世俗的纯净和羞涩，腼腆和矜持，言语之后却是朴实且热忱。这是怎样的一方水土呢？是南北交融的移民文化，是秦巴汉水孕育的风土人情。曾经的汉江白河码头舟楫如梭、白帆如云，河街和桥儿沟会馆商铺林立、人口稠密。现如今因着去武汉的水路航运交通改道，关山重重，倒仿佛一位藏在深闺的清雅女子，有着未染世俗的安宁和清雅。

当我顶着上弦月的清辉继续向上走，穿过桥儿沟尚存的古门洞，月光铺洒在两旁的红灯笼上，古典的招牌在灯笼上影影绰绰，温婉如梦。穿行其中，恍若穿过一道时光隧道，水声悠然在耳，萧然庄重的门楼上满布着杂草，仿佛只要抹去岁月的风尘，就能回到老街车水马龙、泊船云集的繁华过去。老街上荆楚移民的后代，依旧在老街古旧的木屋里守望着尘世的光阴，店铺里闲坐的女子面容干净，看惯了游人如织，不肯抬头多望我们一眼。

聪明如她们，肯定和我一样明白，我只是桥儿沟的一个匆匆过客。

但她们又怎能明白，于我，桥儿沟不仅仅只是生命里一段不可复制的时光，它将从此镌刻在我的记忆之中。听她们说白河前坡的桃花已经开得如火如荼了，桃花染山地，桃林遍野篱，桃花盛开的村落灿若云间，真想再来一次说走就走的白河之旅啊。

什么时候再去呢？

麦溪的树

　　蜿蜒的溪水在幽静的山林间自由自在地奔跑，阳光的碎影摇动在清澈的水面上，晃动的波光偶尔如飞鸿一般闪过一点暗影。几朵野花，风一吹，不胜娇羞地把头垂向水面，却因为浸染了那份湿润，显得更加明艳、饱满。突兀的大石，以奇怪的姿态俯仰在水中，仿佛和灵动的溪水在细语呢喃，又仿佛只是简单地停留，在溪水的怀里，把原始的粗糙与尖锐一点点抚慰至温柔的圆润和平和。

　　说得好像是一幅风景画，但其实我说的是麦溪。麦溪是岚皋县的一个村子，在岚皋县城沿岚城公路至神河源方向不到15公里的地方。在以起伏的山坡，稀疏的房舍，蜿蜒的溪水，几块碧绿的田地为背景的画面里，麦溪似乎只是一个普通的乡村，但麦溪的美却不在于她的溪水，而在于她的树。

　　在袅袅的炊烟之中，在孩童的嬉闹之中，在村舍掩映之中，在溪水欢快流淌的歌中，在鸡鸣狗叫之中，无处不在的是一棵棵通体浑圆肌肤健美的树，一棵一棵。转过一棵桃树，转过一棵樟树，转过一棵柳树，又转过一棵栎树，在树影的怀里，我仿佛走进了一个个绿色的传说，林叶间充满了他们的喁喁低语或朗声大笑。惝恍迷离中，我忘了来路，走不出幢幢树影，在如此和谐的村庄、流水和从容生长的树林之间，我是一个心甘情愿的迷失者。

清澈的溪水欢快地指引着田园的方向，树林的深处是宁静的村庄，从绿色的树林到美丽富饶的村庄，也许只有一步之遥。树林郁郁葱葱，我们的梦想也茁茁；树林从容生长，我们的步履也轻松快乐。树林既以绿的色彩、多姿的体态给人以视觉上的享受，又以优雅的诗意、淡远的意境给人以精神上的慰藉，但树林给我们的又何止这些？

麦溪的树长得繁盛妖娆了，麦溪的水也更加清澈了，让人流连忘返。

春在杏花梢

"团雪上晴梢，红明映碧寥。店香风起夜，村白雨休朝。静落犹和蒂，繁开正蔽条。澹然闲赏久，无以破妖娆。"唐朝诗人温宪这样描述杏花的盛开和凋落：盛开的杏花一朵朵、一簇簇，俏生生地站在枝头，有的深红，有的浅红，有的粉白，在绿叶间，在阳光下，在微风中，在细雨里，她们笑意盈盈，她们轻声细语，她们低吟浅唱，她们把整个春天的碧空都映衬得辽远而宁静。夜来春雨润物无声，杏花的清香随风潜入客店，晨起雨停风住，杏花落在村院的地上，整个地面上都是一片雪白。站在杏花树下，安静地看了很久，觉得没有比杏花和杏花点缀的村落更让人流连忘返的景色了。

杏花，她们盛开在诗词里，盛开在画家的笔下，她们充满春雨江南的韵致，从岁月的深处盛开到现在，她们应该是从骨子里透着超凡脱俗的清高吧？

她们没有，她们不管这些。她们自顾安静地盛开在农家的前庭后院，雀鸟啁啾往来期间，直把普通的农舍点缀的那叫一个活色生香、春意盎然。扎着羊角小辫，穿着红衣绿裤粉色背心的乡下小丫头手拉着弟弟仰头看那杏花，看那杏花一天天变成小肚脐眼似的青绿的杏，流着口水，等着看着。杏慢慢黄了，爬上树枝，摇落一颗又一颗，乡下孩子的零食就这样揣在小小的口袋里，你一颗，我一颗。酸甜的童年，就在杏的酸甜里唇齿留香，余味久远。

很爱刘国强所画的国画《杏花春色》《杏花春雨》，也爱极了杏花烟雨江南系列的水墨画。青山含翠，杏花绽放，或浓或淡，或水边、或陌间、或房前、或屋后、或山前、或山脚，那样地诗情画意，清雅恬静。凡是有杏花的画，都无一例外地充满着人间的勃勃生机和尘世独有的安宁。如果花也有生活态度，不做作，不清高，不孤傲，不自恋，不伤感，不玩弄深沉，不故作玄虚，不以自我为中心，就是杏花吧！

随着年岁见长，随着生活阅历的逐渐丰厚，随着对世界越来越清晰地体会和认识，随着对世俗越来越认真地热爱和理解，我是越来越喜欢杏花，越来越喜欢画着杏花山水的乡村写意或者油画。那种充满世俗烟火的热闹和安宁，充满田园炊烟的悠远意境，那种伴随着鸡鸣狗叫的喧哗和喜悦，那种红尘俗世独有的亲切味道，生命寄予其中，杏花烂漫，岁月恒久。世间多是如花的女子，有的幽静如兰，有的孤傲如梅，有的富贵如牡丹，但是我总觉得，世间更多是像杏花般的女子，她们没有桃之夭夭的如火烂漫，没有海棠的柔软和绚丽，她们是长在我们身边的邻家的女儿，有着羞涩的小女儿情怀，有着蓬勃的对于世俗生活的热爱。她们努力地吸收阳光，吮吸雨露，在该盛放的时候盛放，在该结果的时候结果，朴实中有着豁达的生活态度和坚定的生活信念。她们不清高，不孤傲，她们仿佛桃花，又仿佛梅花，含苞时纯红色，花开后颜色随着光阴的变化愈来愈浅，浅到花落时竟然如梨花般如雪纯白静美。她们有种温婉的、随遇而安的恬美和安详，有着倾其所有开到荼蘼的心甘情愿，不逃避、不惧怕，无论朝来寒雨，晚来春风。

"道白非真白，言红不若红，请君红白外，别眼看天工。"杏花是可以在庭院中成列种植的植物，杏花酒是可以让你宿醉一场的美酒，杏花村是无数个中国人的梦里故乡。一枝红杏就是春日里最曼妙的写意，杏花万朵则如火如霞、春深似海。

韶光淑气，春在杏花梢。

秋天

一阵风过，一阵雨过；又一阵雨过，一阵风过，空气中就有什么东西从高大而苍翠的梧桐树上飘坠下来，带着温婉的清凉，如泪珠子一般，滴在后院的芭蕉叶上，滑落，忽地不见了。

是秋天了。

不必去看山野上摇摆的小草，也不必去看天空越来越淡的浮云，单单坐在阳光的余荫里，我就嗅到了秋天的气息。她散发出一种柔美和恬淡的、令人迷醉的诱惑，张开艳红的双唇，望着洗却铅华素面朝天的我，伸张她悄无声息地苏醒的潜力。

"我是秋天啊！"她说。

我听到来自心灵的一声叹息，如芭蕉叶上滑落的那滴雨。

我无法不走近她。

我是如此热爱这个季节，热爱她在繁华背后沉积的深重的冷与彻骨的寒，我想其实在每个文人的心里都有一座秋天的坟墓，埋葬着近乎绝望的，对生命的质问和求索。

从这种意义上讲，每一位知识分子都随身携带着一个属于自己的秋天。是的，没有谁的灵魂比忧国忧民的知识分子的灵魂更能和秋天的灵魂相亲相爱。那些跳跃着的、流淌着的、翻覆着的文字是秋天的流云，是秋日的夕阳，文人清醒着的颓废犹如霜叶上的那一抹红，是终究要被带进岁月的泥沼；文人激情的无奈也和桂叶上最后一点露珠一样蒸腾无踪或成霜、成秋空里高远的浮云，留下的是对大地无边的向往和无意识的问询。

我想我算不上是知识分子。也许正因了我感知的迟钝，那枝头丰硕的果实，那红透了的霜叶，那橘子，那柿子，那些低垂了头的稻穗无法传给我点滴愉悦的信息，我触及的，是她颓废的哈欠和腐朽中无声无息地苏醒的潜力。她苍翠的肌肤，是暗夜里透支了热情的、疲惫的延伸，她将会枯了、睡了，覆盖了白雪的泥土，等待下一个轮回。

我不施铅华的容颜，也将渐渐暗淡，凝聚不成文字的雨滴，也无法挥洒成芭蕉叶上晶莹流淌的诗句，在时空飞逝的将来，有一个人如我，读懂这些挣扎着地跳动的文字，梦呓一般喃喃低语："秋天，秋天。"

疏雨半帘如梦

再过几日便是清明了，外边的雨还在下。我坐着，听雨从滴滴嗒嗒至淅淅沥沥，儿子已经熟睡，我对着电脑的屏幕慢慢敲着，夜这样深，夜又这样静。"清明时节雨纷纷"，我的思绪便如窗外的雨，一些已经消失却永存在记忆里的细节，随着雨一滴滴落下来，心里，有难过，有悲怆，忍了又忍，泪水还是颤巍巍地出来了。

很长时间了，我都不记得自己有过突然这般难过的时候，我以为自己变得坚强了，并且可以开始摒弃自己一直都不喜欢的那种细腻和忧郁，变得简单和快乐起来。就像年少的自己，短发飞扬，开心和不开心都是明明白白的，说出的话都是那么没有遮拦的。是那么想逃离母亲，逃离她细密的唠叨和日日重复的责备。她总是责备我每在春分还没到的时候就过早地脱去棉衣，警告我感冒是迟早的事情，那仿佛就是巫婆的灵咒；她责备我过于胆小怕黑，责备我饭吃得太少，她不停地唠叨不许我这样不许我那样。那时候的我做梦都想离开她，越远越好。在那时，清明于我，就只意味着桃红柳绿，意味着春长草深，意味着可以褪去笨厚的棉袄，轻举了风筝，在田野上恣意奔跑。可是现在，每到清明，我的心便止不住地疼痛，就连沉睡时也在挣扎，挣扎着去追赶我的母亲，眼看着她离我越来越远，越来越远，而我无论如何，都无法抬步……一次次的魇住了，然后惊醒，在不眠的黑暗里泪流满面，一个人体味着只有自己知晓的思念。

　　我的母亲，她离开我已经十八年了。那些熟悉的唠叨，我是如此怀念却再也无法听见。在母亲刚离开我的时候，我是那么年轻，年轻的我以为她离去的伤痛会因为时间的流逝而慢慢淡去，那些在当时看来不能抑制的悲伤，也会一点点隐匿直至无痕。可是十多年过去了，我依然如此伤感。没有了母亲，我的快乐和不快乐还有谁去在乎？没有了母亲，还有谁来提醒我季节的更替？还有谁会那样耐心地倾听我对生活的那些不成熟的体会，告诉我该如何面对一些小小的其实很容易克服的困难？正如冰心所说："母亲啊！你是荷叶，我是红莲，心中的雨点来了，除了你，谁是我在无遮拦天空下的荫蔽？"人的一生有太多的改变，有无数的得失。母亲去了，而我活着，我只有更加努力在自己生命的宣纸上，把生活的色彩描得尽可能美丽些、丰富些、完整些。我要自己好好的，我要自己坚强，因为我知道你喜欢我这样。从此伤心的时候尽可能地不哭，因为没有了你，哪里还可以把泪水肆无忌惮地挥洒？

　　夜深了，人都睡了，疏雨半帘如梦。到清明的时候，这雨，也该停了吧？雨可以停，可是我的思念什么时候可以消减？如烟似梦的雨，欲歇还飞的雨，如泣如诉的雨，没有了母亲，思念的疼便一直在我心里，对生活的信念也一直留在我心里：珍惜生命，珍惜爱，珍惜生命里出现的人……

疏枝横玉瘦

我有一个小学同学，人长得很是端庄，小小的年纪便没了母亲，为了照顾弟弟的学习和生活，自己休学了一年，从此便和弟弟就读一个班级了。

后来，等到弟弟上初中，她的父亲外出打工，一年到头也不见回来。弟弟还小，她不能够离开弟弟独自去外面打工。她的懂事和勤快却在方圆百里出了名，于是有的父母把自己幼小的女儿托付给辍学养家的她，以每月供给姐弟俩生活费和弟弟的学费为条件。

就这样，小小的她便有两个必须肩负的重担：照顾雇主家小女儿的吃喝拉撒睡，抚养和照看弟弟读书。

每年清明节她会学着隔壁婆婆的样子，亲手用白纸剪了清明吊牵着弟弟去给母亲挂坟。她从来都是微笑着和乡亲们打招呼，脸上看不出悲苦，仿佛只是带着弟弟去踏青。

后来，她的弟弟读到高中，平日里住宿在学校，她便在学校附近的餐馆里打工，穿戴整齐、言行有礼，看不出是没有母亲的孩子。

我大学毕业的时候，在街上遇见她，她邀我去她租住的宿舍玩。白纸糊着的床头，贴着一幅画，是素描的梅花，花瓣被她用红墨水仔细地描了一遍，朵朵红梅盛开在雪白的床头，简陋的宿舍平添出一份清净和典雅来。她坚持不肯和那开餐馆的老板的儿子仓促结婚，执意要等自己考取大专后再说。她弟弟的书就在她床底下的纸箱里整齐摆放着。

她坚持不肯去住现成的楼房，不肯接手男朋友家现成的餐馆去做女老板，不肯接受别人廉价的同情和善意的帮助，她不为自己的命运叹息，不感慨命运的凄苦和不公。

每每想起她，我便想起她床头素描的梅花。重瓣的小小的花，柔软中有着别样坚定的风骨，端庄静美。

倘若一个冰雕玉砌的世界，有梅花点点，便是一个意境独特的所在，就算是一个身陷俗尘羁绊的凡夫俗子，身临其境，也会生出无数个欲语还休的心绪令你心神俱醉，物我两忘。

我曾在寒风呼啸的深冬，一个人在苍茫暮色中踏上开满梅花的江岸，在万籁俱寂的彻骨寒冷中，静静地伴着枯瘦裸露的河床，默默无语。我在梅花掩映的幽香中，忘记了悲伤，忘记了疼痛，忘记了尘世对我的伤害，只记得梅花冷艳的凄美，夜旷天低，我静静地看着一树一树的梅花，一朵一朵立在深褐色裸露的枝条上的梅花，晶莹玉润，她们在寒风中微笑，花瓣柔软如婴儿的唇，姿态美丽不可方物，我忽然就没有了忧伤，也没有了自怜，拨云见日一般，群山空灵，花香清幽，尘世静远，我与梅花，俱在其中。

还有什么比当下的时光更值得我认真对待呢？还有什么是过不去的？还有什么值得我拿自己内心的安定和从容做赌注？梅花独自盛开，就算没有一个看花的人，没有一个爱花的人，梅花也一样会开出美丽的花朵。

　　说到底，开花是梅花自己的事情，落花也是梅花自己的事情。

　　世间有太多的花，但能让我心生嫉妒且敬畏的花却独有梅花。我嫉妒梅花不仅仅因为她的美艳和暗香，还因为她拥有那样强大的内在力量和足够坚强的意志来对抗俗世的风雨。她有着独立且决绝的姿态，她有着对于自我精神和灵魂的坚持，她从没想过要对这个世界露出媚俗的谄笑或讨好这个世界，以获取有利的生存环境。她在寒风中微笑，她在冰雪中舞蹈，她在暗夜的冷寂中昂首，她在一览无余的孤独中轻声歌唱，她不惮于做季节的前驱，不惮于张扬真我的个性，不惮于保持独立冷眼看世界的清醒和骄傲。

　　我知道其实有很多花的内心深处都深藏着一份和梅花近似的品质，只是她们没有梅花那么强大和勇敢，没有像梅花那样，为了自我而坚持，并愿意为此拿整个春天的温暖做赌注，孤注一掷，不管不顾。只有梅花有权利说自己体味过冬季冷入骨髓的疼痛，理解冬季无雕饰，无喧哗，无乱花迷眼的安宁和静美。

　　什么是梅花的梦想？梅花的梦想是关于生命和信念的梦想，是关于理想和春天的梦想，梅花是大自然独一无二的骄傲，是春天来临之前天空洒向原野的热血。

　　"冰雪林中著此身，不同桃李混芳尘；忽然一夜清香发，散作乾坤万里春。"我无法想象，假如没有梅花，就像生命的四季少了个性鲜明而又肃杀凌厉的冬季一样，真正的春天又怎么肯欢天喜地地来到人间呢？

对于那些在暖阳里盛开的众多的花朵，梅花不啻是群花中的异类了，就像秋瑾、卢隐、石评梅这样的女子一样，她们敢于向俗世的规则说不，敢于去冲破、去探寻一条孤独的新路，而她们所做的一切只为了让更多的人走得更远，走得更加从容，她们有一颗始终鲜活的、快意的、如梅花般超凡脱俗的心性。

我常常想起宋代杜耒的诗："寒夜客来茶当酒，竹炉汤沸火初红。寻常一样窗前月，才有梅花便不同。"这是一首和梅花相关的特别让我感动的诗，和众多写梅花的诗词迥然不同，这首诗里没有忧愁，没有伤感，没有凄寒，只有欢喜，只有欣赏，只有尘世生活的平和愉悦，写梅的诗词，一般多苦寒、凄冷，唯独这首却是充满了世俗的欢愉与温暖。

我愿意更多的人在想起梅花的时候，不要单单记起她是"岁寒三友"之首，单单记起她的"疏影横斜"，记起她的"凌寒独自开"，记起她的"不为繁华易素心""不同桃李混芳尘"，记起她的"耻向东君更乞怜"，记起她的"疏影横玉瘦"。

我们要记得她是大地向苍穹昭示的书信，是温暖的春天来临之前，天地向众生招展的鲜明的旗帜，是春来醒世的红颜。

月饼·月饼

桂花的浓香在风中弥漫，野菊花却还未绽放，商店的橱窗里已经摆放了大盒大盒的月饼。因为即将来到的中秋，我终于腾出两天的时间回到儿时的家。

门还是那扇门，房檐依旧是旧时的模样。但自从母亲去世之后，就日渐显得苍凉和陈旧，手抚在门那灰色的木质的褶皱里，一如抚在母亲冬日里皱皱的手上。门前母亲亲手栽的桂花依旧飘香，而母亲已不在。推开门进去，仿佛她还在里屋为我们纳鞋，也仿佛只要一抬眼，便看得见她温和的微笑着的脸，但四周终究静寂一片。我独自坐着，只有风吹桂花香浓，回忆的声音在我住过的房间里徘徊，母亲踏动缝纫机的声音在回忆里如清泉叮咚作响。

正是在屋角的小方桌，在那曾经摆着热香的家常饭的桌边，那些闲谈和叨唠，成就了现在的我。

在儿时，我也从未吃过真正的月饼，我吃的是我母亲自己做的月饼，与其说是月饼不如叫作炕馍，但是我至今仍然认为，再也没有比母亲做的月饼更可口更实惠的月饼了。

记得那时每到中秋的前一天，全家都要动手参与，母亲拿出珍藏的上一年的核桃，花生，让我们一起剥了，文火炒熟，在碓窝里粗略舂细，晒干的桂花和茉莉捏成粉，花椒和芝麻也要焙干碾成细面，加上葱花做成饼馅，包在发酵的面里，擀成小圆如月饼大小，放锅里蒸熟。我们姐妹几个肚里的馋虫在剥花生、核桃，碾芝麻时已经蠢蠢欲动，这时望着冒热气的蒸饼，就如掉进米缸的老鼠，母亲笑着掰给我们每人一小块。年幼的我，曾经问母亲，刚出锅的饼那么烫手，为什么不用刀切呢？母亲笑而不答。迷信的说法是饼圆人团圆，月满人长久，一人、一年、一岁、一月饼，掰月饼即象征百（掰）岁。但现在，我对于手掰的理解又何止这些，文明的器具是如何整齐划一地切割着人与人之间相处的温暖和和谐？无论如何，刀切都显得太过锋利和生硬，连糅合相连的饼馅里浑整的花生仁也必得被切得支离破碎。

当中秋的一轮圆月照得满院生辉的时候，我们的小方桌上摆上了自己地里种的花生、葵花子、南瓜子、核桃和房后梨树上摘下的梨。母亲把头天晚上蒸的月饼放油锅里一炸，"滋"的一声，香气四溢，在桂花的香气里，母亲显得更美丽了。

我独自坐着、想着，没有了母亲的中秋，没有了母亲做的月饼的中秋，再怎么热闹，都仿佛只是一种喧哗的形式。我宁愿在这四周静寂一片的老屋里，回忆着母亲的过往。我不断地问自己，我的忙碌是为了什么呢？

自从我们姐妹长大之后，上学读书工作，都是在千里之外。母亲屡次感叹说"儿大不由娘，女大不中留，鸟的翅膀硬了要飞走"。母亲盼望一个又一个的中秋，也没有盼来我们回家相聚，我看见父亲在母亲去世前那次中秋夜记的日记：今日中秋，晴，孩子们大了，都没有在家，和他妈独坐至深夜，分吃了一个月饼。而母亲自此夜感冒后便一病不起。

月圆月缺，悲欢更迭，我们因为琐碎的事情，繁忙的工作，少有时间享受生命带给我们的感动和欢欣。我们也因为生活的紧迫，无暇和自己的亲人分享生命中那一份明净的月华。

幸有中秋月圆时，给忙碌的人们片刻闲暇和相聚的期盼。明净的夜空，明朗的圆月，使我们的心灵澄净。执一枚月饼，执一份对生活的感激和热爱，从回忆的片段里滋生出对明日的希望和祝福。一缕月光，如一树菩提之荫，使我们心甘情愿地迷失在它的空灵和纯粹里。月满人长久，饼圆人团圆，在这云淡风轻的节日里，我庆幸自己能回到儿时的家，重拾儿时的记忆并向我九泉之下的母亲敬献一枚月饼，也祝愿天下所有的人，能和自己的亲人们共享那象征着团圆的月饼。

那只叫黑黑的小狗

儿子两岁时，我在一所乡镇的高中教学生英语。

和中国大多数乡镇一样，唯一的高中占据了集镇最中心、最好的位置。这也充分说明，在新中国成立之初，我们的政府对教育的重视程度。

学校操场的北面是一排教工宿舍，教工宿舍外面是一些竹林和迎客松。我们经常在教工食堂里盛了饭，坐在竹林边的长条木椅子上一边吃饭，一边聊天。

从竹林掩映的院墙走出来，就看到一条马路，向南走十多分钟，穿过一条水泥桥就来到镇子最繁华的集市。集市呈椭圆形呈东西走向。从集镇对面的山顶朝东面看，学校就雄踞在河流环绕的集镇最开阔的一处。

有一天，不知从哪里跑来了一只黑色的小狗，脏兮兮的，很瘦，走路也不是很稳当的样子，一双眼睛却黑亮黑亮的。厨师说这只狗最多只有三个月，看样子是谁家的小狗生下来不要了的。大家吃饭时，小狗就摇着尾巴眼巴巴地盯着我们。

大家看着我每次耐着性子想方设法地给儿子喂饭，儿子却总是不肯好好吃，就纷纷逗儿子说："你不好好吃饭，你妈妈就把饭喂小狗吃了。"儿子立即很开心地说："快喂小狗，如果狗狗吃一口，我就吃一口。"

我因此每喂儿子一口，就给小狗扔一口。小狗吃得欢实，儿子也吃得开心。

如此这般几次下来，每当我开始喂儿子吃饭时，小狗就摇着尾巴过来，等我给它扔些吃的，面条、鸡腿、土豆，来者不拒。正好，凡是儿子能吃的，小狗也都很喜欢的样子。

突然有一天，儿子说："妈妈，我想吃带骨头的肉，你能不能每天炖一些呀？"

我很高兴，只要儿子肯吃肉，营养就会跟上来，体质就会慢慢好转。于是我每顿饭都想方设法地争取时间给儿子炖一些排骨。

儿子每次都很积极地吃排骨，不等我喂他就自己急忙拿起排骨啃起来，啃完排骨上的肉立即把剩下的骨头扔给小狗。有几次我看着排骨上还有许多肉他就扔给了小狗，我也不在意，反正只要他肯积极吃饭。

不到两个月，小狗被喂养得皮毛黝黑发亮，圆滚滚的，可爱极了。于是，我们给他取了个名字，叫"黑黑"。

黑黑认准了儿子和我！无论我们什么时候起床，只要我们的门一打开，它立即摇着尾巴，迫不及待地扑上来，打滚，翻跟头，蹦蹦跳跳地围着我们。而且,它再也不肯吃别的老师扔给它的饭菜。

儿子淘气起来，不知轻重，有时候抓住小狗的尾巴，有时候扯着小狗的耳朵。小狗被弄疼了，也只是委屈地叫几声，从不反击，它和儿子之间仿佛有着天然的交流方式，他们彼此陪伴，形影不离。

课间我带着儿子去教室里找学生订正作业时，黑黑也在学生们中间穿来跑去，给孩子们枯燥的高三生活带去很多欢乐。

不到三个月，大家都理所当然地认为，这是儿子的小狗了。

每次我们一喊"黑黑"，它立即迅速地奔过来，各种萌萌状，将儿子逗得哈哈大笑。

有一天，儿子很认真地对我说："妈妈，你看，我在哪里，黑黑就在哪，黑黑在哪里，我也在哪里。所以，我也应该叫黑黑吧？以后，我的名字也叫黑黑了，好不好？"

我听了忍不住笑起来，看着儿子期盼的眼神，我说好吧，你也叫黑黑吧。

自此，每次我就半是戏谑，半是宠爱地把儿子也叫"黑黑"。

突然有一天，午睡起来，门口却没有了黑黑活蹦乱跳的身影，无论我和儿子怎么找，怎么呼喊，也不见黑黑奔跑而来的身影。

连我的学生们也着急起来，大家纷纷询问："谁看见黑黑了？"

门房外面的小商店里，一个来买酱油的村民说："哎呀，我看见一辆大货车过来，径直停下来，一个中年男人，趁着黑黑在竹林边卧着晒太阳，拿出一个麻袋朝黑黑头上一罩，包起来就带上货车开走了。我还跟在后面喊呢，但是人家没有停，估计那人早就惦记着黑黑了！"

儿子听了，号啕大哭，怎么也劝不住。

晚上好不容易哄得他迷迷糊糊睡着了，突然又忍不住伤心地啜泣起来。我搂着儿子，心里和他一样难受。

不知道黑黑现在何处？

一只小狗，在不可预测的命运里，和一个人的遭遇又何其相似，难道我们就能够主宰自己的命运吗？我们能够选择自己从哪里来，又去往何处吗？

从此我们不再提起养狗的话题。因为我们深知自己无法承受失去之痛。

我们想念黑黑，想念它曾经陪伴过我们的那段快乐的时光，祝福它能够被这世界温柔以待，就像他曾经毫无保留地、毫无芥蒂地信任过我们，信任过人类。

感谢它曾经来过。

灯火阑珊处

烟火徐来的家，是人间最暖的守候

每次下班回家，都要经过赵叔的门房小屋。

门房总是开着门。常常一眼就可以看见门房小小的屋子中间，小圆桌旁围坐的几个小孩，叽叽喳喳地说笑着，等着门房赵姨从隔壁搭建的简易厨房里端出热气腾腾的饭菜。

端午节的一天，我从外面吃饭回来，经过门房，看见在门房那么小的房间里，那么小的圆桌旁边，居然也能够挤挤挨挨地围坐着十多个人一起过端午节。小小的屋子，充满了小孩的笑声、饭菜的香味以及大人们喝酒聊天的声音。

那种人间烟火的气息暖暖的，和着亲情的热烈，带给人无比踏实的从容安稳。饭桌上无非是家常腌黄瓜，自制的酸豇豆，梅干菜扣肉……都是一些朴素的、日常的饭菜，是可以日复一日，年复一年地重复着吃下去的。仿佛绵长的光阴，以日常烟火徐来的仪式，把家长里短和儿女情长不着痕迹、细水长流、不声不响，但是却有生有色、无比真实地进行到地老天荒。

我总是想，这个充满欢声笑语的不到 15 平方米的门房小屋，为什么无论何时都充满着人间烟火的温暖热气？

门房赵叔来自一个偏远的乡村，是我所居住的单位家属院一位职工精准扶贫包抓的一个自然村。为了帮助赵叔一家脱贫，单位有同事介绍了赵叔的女婿来做货车搬运工，这样一来等于全家就有了固定收入，可以脱贫。

赵叔有两个女儿，其中一个小时候在火炉边烤火，打盹时摔倒在火里，手被严重烧伤，农村医务室条件简陋，胡乱包扎一番，等到伤口痊愈，才发现孩子四个手指头全部长在一起了，家里穷，因此也没有继续进行手术治疗。另一个更加不幸，说是小时候发高烧，高烧之后孩子中耳发炎，从此再也听不见。

为了简化群众办事手续，市里要求窗口单位统一搬去市政中心办公大楼，又为了缓解市中心城市交通，解决群众停车难问题，市里决定把临街空出来的家属院、单位的办公楼一律拆迁，建立地下停车场和开发商住楼。谁知拆迁办刚刚入驻办公楼准备拆迁时，市长却被调离本市，这个商住楼和地下停车场的修建计划也因此流产。

因为我们的家属楼和单位办公楼在一起，单位的门房就兼了家属楼的门房管理职能。现在，办公楼搬走了，家属楼立即就没有门房了。一时之间，家属楼开始出现各种问题，有陌生人随便进入，有人把房子给租客居住，租客乱扔垃圾，有人晾晒在楼顶的被罩无故丢失……

一时间怨声载道。但是，请专门的物业公司来，又牵扯物业管理费的收取，大家觉得家属楼住户不是太多，交给专门的物业管理也是多此一举。赵叔的女婿听说这件事之后立即建议，可以让他的岳父，就是赵叔来做门房管理，各家各户每月给点管理费，够老人家的生活费就可以了。反正老家退耕还林，也没多少庄稼活可干，再说老人住在乡下，有个头疼脑热的，也让人操心。

后来，大家商议每户每年交门房管理费用不到三百，就可以保证赵叔每月有一千五百元收入，问问赵叔可愿意，赵叔很高兴，第二天就来家属楼门房开始值班了。

赵叔勤快，会做木工。每天打扫各个楼层，还认真擦洗楼梯扶手。大家都觉得赵叔人实在，为人厚道。

很快，赵叔发现楼下总是有各种快递纸箱，废旧书报，还有人不穿的旧衣服。赵叔每天都收拾集中起来，周末拿去废品收购站卖掉，又是一笔收入。

没过多久，赵姨也来了，说是来给赵叔做饭，但是呢，大家发现，赵姨有空就在街道捡拾易拉罐和废旧塑料瓶。她开心地说，城里人日子太好了，这些垃圾捡拾去卖了比她在乡下种庄稼收入还好。每次看见赵姨，她都是一脸拘谨地笑着问好。

有次我们全家要出去旅游，担心家里买的西瓜和一些蔬菜等我们回家就不新鲜了，因此就送给赵姨。她非常客气地推辞，但是等我们告诉她是因为要出去，担心放坏了浪费，她才开心地收下了。

等我们旅行回家，赵姨立即来请我们去吃她做的手擀面。她很真诚地说："你们刚回来，也玩得累了，家里肯定也没啥现成的饭菜，一起来吃个家常便饭，千万别嫌弃呀！"

于是我们三个就放下行李，在小小的门房里和赵叔一起等着吃手擀面。

门房空间有限。赵叔把一个方形大木板支在饭桌上做案板，赵姨就开始擀面。等到面出锅，赵姨浇上炒好的青椒和酸菜，再加上芝麻酱就做好了，手擀面劲道，辣椒和芝麻酱特别地道，吃起来酸辣爽口，我们三个吃得非常过瘾。

一种亲切的家常烟火气息，令我回想起母亲做的手擀面的味道。

我之后每看见赵叔和赵姨，总是感觉她们仿佛是我们失散已久的亲人，她亲切地叫我的小名，叫得非常自然。因为赵叔和赵姨热心、勤快，家属院里许多人的快递到了但不方便及时去取时，也都自然而然地说交给门房赵叔就好了。而且，赵叔总是签收后还负责一一给大家送到家里去。有人关心赵姨，得知了他们家里情况，介绍了饭店后厨的工作给她那个手有残疾的女儿。赵姨就在门房里做饭，小小的门房里，下班的女儿、女婿，非常温馨地一起吃饭。在门房后面的空地上，赵叔还搭建了葡萄架子，很快葡萄长起来，家属院里一片绿荫，生机勃勃。

邻居们有时来门房取快递，就站在葡萄架下聊天，清风吹来，心情大好。

以前，赵叔没来的时候，大家的快递都是自己急急忙忙地赶回家取，现在有了赵叔，都不用着急了。有人过意不去，于是热心地建议："反正家属楼后面有这么大空地，你们又要做饭，又要帮忙放大家的快递，太挤了呀。给单位说一声，就靠着门房给你们搭建一间简易的厨房吧！"

没有一个人反对。大家都觉得早就应该替赵叔搭建一个专门的厨房才是！

有一天，赵姨忐忑不安地问我，她的两个外孙女小学毕业了，学习不错，能不能帮忙找个城里近处的中学，让孩子进城来学习，她也可以给孩子们做饭，帮忙照看孩子学习。

我当然乐意成人之美，再说，我在单位工作兢兢业业，这点面子，领导总会给的。果然，两个孩子顺利地入学了。赵姨和赵叔感激的话说个不停，说得我都不好意思起来。他们夸赞我善良，夸赞我将来有福报，夸奖我儿子有礼貌，长得乖等，说是他们老家有孩子也想进城读书，没有认识的人，不知道该怎么转学，找错了人花了很多钱都没有办成。

赵姨让两个孩子叫我姑姑。我们这里叫姑姑，那意思是说，我就像是孩子的父辈一样值得尊敬。

我心里想，我从此有了两个侄女了呢！

想着俩孩子一直在农村，我担心她们去学校不适应，因此买了几本书让孩子提前预习，军训时又去学校专门交代了带队老师，而且，俩孩子确实非常内向、害羞，一开口说话就脸红。

自此，赵叔门房的小饭桌旁每天就有了满满的六个人一起吃饭了。

厨房后面的空地上，时常会看见赵姨晾晒的各种干菜：刚焯过水的豇豆挂在绳子上，萝卜干，红辣椒，切碎的梅干菜，土豆片……一些退休的女职工也照样抄作业，家属院里一片生活气息。岁月静好的踏实，日常绵密的幸福和从容在一粥一菜里细水长流、波澜不惊。

出乎意料的是，赵姨的两个外孙女期末居然令人惊喜地都考到了年级前五十名。要知道，这是一所全市数一数二的重点中学，很多城市孩子刷各种卷子，请了一对一家教，成绩也常常只是中上。

我很开心，赵叔和赵姨却是淡淡的，说读书嘛，总比回家种地轻松。做作业，做学问，一个字一个字地写，就和种地一样嘛，一颗种子一颗种子地种下去。种下去也不能不管，要按时除草，按时上肥，隔天还得看看你自己种的种子嘛，学习也是这个道理。等考上大学，那才算收割，收割回来了也还没完，要晾晒，要磨成面粉，还得根据需要，看看是擀面，还是烙饼子，最后，再煮熟了，放上佐料，吃到人嘴里，才算你种的庄稼起作用了。我听了，简直醍醐灌顶。原来，道理都在日常的一粥一饭里呀！

我曾经以为市井烟火是俗世里最不起眼、最不值得辛苦努力追逐和劳神费力经营的，是我努力着想要逃离的，但是我突然发现，在日常细碎的烟火气息里，藏着牵挂，藏着关心，藏着灵魂必须依赖的衣食住行的全部，烟火气是灵魂得以存在的根本与温暖，是肉体存在的基础。热爱生命、热爱生活，一定是从爱上厨房的烟火气那一刻开始的吧！

少年时总是羡慕诗歌和远方，为赋新诗强说愁，理想高远，以为精神至上，怎么能充满世俗的烟火气息呢？鲜衣怒马，白衣胜雪，不能沾染柴米油盐，尤其是爱情，怎么能够谈钱、谈厨房？至少和风花雪月有关，和诗书理想相连，至少是哲学的山涧，有着超凡脱俗的一泓清泉，不然，我想要的是江河湖海，你怎么可以风马牛不相及地说起厨房和烟火气?

及至中年,终于明白,很多时候,我们需要的不过是不断重复的安稳,绵密温暖的一日三餐,是厨房里叮当作响的锅碗瓢盆碰撞的声音,是俗世的烟火生活。

教师节的前一天,赵姨带着两个外孙女来家里,还带来一只大公鸡,说是孩子奶奶专门喂养的,一定要送给那个替孩子办入学的先生。俩孩子大大的黑眼睛,拘谨地坐在沙发的边缘。我接过公鸡,招呼她们喝水,说看了学校的成绩,孩子这么努力,做姑姑的必须奖励。我取出四百元钱夹在两本书里,送给两个孩子,说你们一定要每年给我汇报成绩哦,如果考上大学,姑姑发一个大红包给你们!

两个孩子很认真地点头。

赵姨说:"向你姑姑学习,她原来也是农村的女娃,你看她现在多有学问,在城市里当教书先生,住这么大的楼房。你们也争气,长大也争取住上城市的楼房!"

我从没想到,我曾经厌弃的现在这样三点一线的生活,日日生活的琐碎,会是赵姨对这两个孩子所期待的、期望她们努力去争取的。

但我相信,她们的未来一定比我现在更好。

因为,赵姨那充满烟火气息的一日三餐,那温暖的生命的底色,那朴素踏实的真诚愿景,会令她们生出对抗未来所有可能遇见的挫折、苦难的无限力量。

因为她们拥有一个有老有小、有说有笑、有柴有米、有锅有灶的烟火气的家,那是人间最暖、最安稳的精神高地。

除夕的那一锅饺子

明天又是腊八了。过了腊八便是年。

母亲在时，我们家的年味一定是在全家齐动手准备腊八饺子时就开始了。

腊八节的前一天，母亲便让哥哥和姐姐从墙后面抬来木梯，踏着木梯来到阁楼，取下阁楼里挂着的早在夏天就晾晒停当的花生、核桃、红薯粉条，蒸晒的干豇豆、土豆片、萝卜干……再取下黄豆泡发，磨黄豆点豆腐……我们欢天喜地的剥花生，敲核桃，一边剥，一边吃，炉火烧得通红，猫咪在我们几个中间上窜下跳……

新年的新，从我们巴巴地等着母亲为我们量身制做过年新衣的时候就开始了。年味越来越重，我们就等着除夕夜穿上崭新的衣褂和新鞋。母亲手巧，雪白底子的布鞋，一定会配着朱红的条绒鞋面，墨绿的棉裤上包着深红的滚边，碎花的棉衣袖口会专门缝上可以另外拆洗下来的袖套，如果是深蓝的袖套就一定配着同样深蓝的领口。

从腊八开始，一家子的大人小孩都必须忌口，再不许说半个不吉利的字，尤其不许说脏话，不许骂人，骂猫咪和狗狗也不许，更不许说带有"死""穷""病"之类的字话。母亲相信语言是有能量的，腊月里所发生的一切都仿佛预示着来年的愿景和境况。庄重的仪式让新年变得隆重和神秘，好像这一年来所有的辛苦劳作，只为着迎接新年的到来。大扫除、剪窗花、写对联、蒸馒头，炸面花角、爆米花，杀年猪，贴对联……年因此隆重地降临。

　　1994 年，我高三，母亲因胰腺癌手术失败猝然辞世。后来由亲戚介绍父亲仓促地结识了新的伴侣。

　　我们兄妹当时只想着有个人陪着父亲唠嗑，早晚出入时有个伴儿在他的身边。我们兄妹们想着只要我们对她像对母亲那样好，或者只要她能陪伴着让父亲安度他的晚年，我们便拿她当母亲一样……但怎知人心并不能够如此简单对应，一个没有最基本文化修养的人，一个从未被他人温柔以待的人，也会缺失对世界和她人的基本信任，骨子里会如此刻薄、狭隘，事情朝着截然相反的方向进行……我们何曾预想到没有了母亲的家，会变成那样的一种情景：就连门前母亲平生最爱的木槿花和月季也被那个女人无情地砍去。

　　我们不想让父亲为难，当时只想着，也许只有他们两个人的日子，会让一切变得容易或者融洽。然后，二姐辞职远去东莞，哥哥干脆就住在他所实习的医院里，而大姐彼时也结婚成家。

　　眼看着学校就要放寒假了，我一个人呆在哥哥的单身宿舍里，心里想着，这个年还是年吗？年是与家人的温暖相依，可是，没有了母亲，我们也就没有了家，我们仿佛无枝可依的孤雏四处流散。

二姐在电话里问我："要不要来东莞？"

我说："好"，于是，一张车票就来到了二姐的工厂。彼时的二姐在东莞沙田的一家合资企业里做生控员，我按着二姐电话里给的指示从广州车站下车转大巴来到二姐的工厂做临时的车间质检员。刚去时住 8 个人的员工宿舍（二姐当时任生控组长，她住两人一间的宿舍）。临近春节时工厂放假七天，和二姐一个宿舍的员工家在清溪，因此她就回自己家过年了，我就和二姐住在一起。上班时工厂里三千多年轻人成群结队地嘻嘻嚷嚷，饭厅和休息室里都是天南地北的打工仔，放假了，偌大的厂区一下子冷清起来，就连食堂的厨师也都回家了。

我想念母亲，想念有母亲的除夕夜，想念一家人围着炉火在除夕夜包饺子的温馨场面。余生，我再也不会有那样热气腾腾的除夕了，不可知的未来以及对母亲的无尽思念令我恸哭……

除夕的清早我还在蒙头睡觉，二姐早已经起来收拾停当，她嚷嚷着："快起床，都过年了还睡懒觉，咱们还要擦窗子，拖地板，买年画，贴福字，还要去买新衣服，买肉馅包饺子。去迟了，肉铺子就打烊了！超市的肉不新鲜！"

她的语气仿佛在家时母亲还在的样子。我嘟嚷着："包饺子？包啥馅的饺子？"

二姐说："到时你就知道了！"

我于是起床，随着二姐来到菜市场。看着菜市场里的活鱼、青虾、大螃蟹、红辣椒、绿芹菜，听着讲粤语的菜贩子大声张罗着生意，置身其中，我的伤感一扫而空。二姐买了三斤多猪肉，一大块鸡脯肉，一斤多牛肉，全部让肉铺打成肉馅，接着又买了芹菜、芫荽、小葱，花椒粉和十三香、大蒜、生姜、料酒、生抽、老抽、蚝油……回来的路上又绕道去很远的地方买了年画和福字，还买了一小包五颜六色的气球。二姐说，今天的衣服还在正价，明天除夕一过，卖场都在打折，咱们初一再去买新衣服吧！

二姐的声音透着喜庆，仿佛母亲从来不曾离开我们一样，仿佛只要我们俩转过路口的榕树，推开虚掩的门，我们的母亲就在厨房里等着我们，我们一起摘葱、捣蒜、炒核桃和花生，锅里翻滚着咕噜噜的卤肉……

我于是被二姐的情绪感染着，我们提着一大包菜回到厂区，门房值班的汉中大叔奇怪地问："哈，你们还买菜了？在哪做饭啊？"二姐说："我有的是办法！下午5点我们给你端一碗我们包的饺子啊！陕西饺子！"

门房大叔惊喜地问："真的？我这里还有好酒，一定啊，我要吃20个饺子，不管味道咋样，只要是饺子！来广州这么久，还没吃过手工的饺子！"

我们回到宿舍，二姐去厂房的食堂里，不知道她怎么想的办法，拿来了食堂的两个不锈钢盆，一把菜刀，一个塑料的菜板，一个电饭锅。一路上，凡是遇见同一栋宿舍楼出进的人，她都说："5点吃饺子了啊，陕西手工的饺子！"很多人半信半疑，"吃饺子？怎么做？在哪里擀饺子皮？"要知道，广州的街上根本就没有卖饺子皮的，就连面粉，我们都是连续找了三条街才买到。

接着，二姐动手和面，我开始擦了门窗，吹气球，贴年画和福字。等我把五颜六色的气球和福字贴好，二姐也把面和好了，用一块纱布打湿盖起来饧面。接着我和二姐一起摘葱、洗芹菜，二姐将猪肉、牛肉和鸡脯肉馅拌在一起，把葱、生姜、芹菜都切碎放在肉馅里，又加了十三香、花椒粉和生抽、蚝油，少许芝麻油和鸡蛋，几乎一大盆的肉馅了！这也太多了吧？二姐用筷子顺着一个方向反复搅拌着馅料，不一会儿，饺子馅就这样做好了！

二姐说，可惜咱们没有石臼子，不然将捣碎炒熟的芝麻面和花生碎加里面就更香了。是的，母亲在时，我们除夕包的饺子里还会加炒熟的芝麻面、花生碎和核桃仁。

饺子面团饧好了，二姐在菜板上将其揉成粗条，再用菜刀切成一个个圆圆的小面团。可是厨房里没有擀面杖！这根本难不倒我们！二姐把一个啤酒瓶洗干净，又拿出一张广告纸，把广告纸洗干净，用纱布沾了酒精又擦了一遍，撒上一层面粉。哈，二姐用啤酒瓶在广告纸上开始擀起了一个个的饺子皮！

我们俩一个擀饺子皮，一个包饺子，不一会儿，一平方米的广告纸上摆满了一个个娇憨的饺子！

二姐用电饭锅把醋汁煮开，加上一点点白糖，加上葱花、芫荽和蒜末，倒上一点花椒油、芝麻油和辣椒油，就开始用电饭锅煮饺子啦！

第一锅煮出来，我们自己吃了几个，觉得味道真的不错，二姐盛了一大碗端给门房的汉中大叔。大叔的惊喜可想而知，他连连夸赞：好吃，好吃！他一定要给我们两装上一大袋水果和零食作为交换。他在电话里大声给自己的家人说，不要惦记他！他在工厂里认了两个安康的闺女，陕西老乡！闺女还给他煮了饺子送来了！

"手工的除夕饺子！正宗的陕西水饺"，二姐在楼道里嚷嚷着。同一层楼待在自己宿舍里没有回家的两个川妹子过来了，川妹子又喊来了楼下的三个姐妹，接着妹子对面楼上的男朋友也过来了！一下子，这个带来了四川的牦牛干，那个带来了涪陵的榨菜，川妹子的山东男朋友带来了大枣和卤驴肉，这个山东男孩又把来找他的两个山西人也叫上了。总之，这个身在异乡的除夕夜，因为二姐的饺子竟然过得有滋有味！

大家说起自己家乡的除夕习俗，天南地北的年轻人，一个个抢着说，最后又一起动手包起了饺子，欢声笑语把楼上的一对晚归的情侣也吸引下来了。大家干脆把自己宿舍的椅子都搬到楼道，把宿舍的床头柜拼接成一个大桌子。饺子最后成了媒介，有人带来了酒，有人弹起了吉他，一群人大声唱歌，唱《冬天里的一把火》《酒缸倘卖无》《我想要有个家》……敲盆又敲碗，欢声笑语，那叫一个热闹啊。

夜色愈深的时候，除夕的烟花开始陆续绽放。有人说，要不要骑车去街上看烟花啊？去啊，去啊，我们又去找门房的大叔给我们放行，大叔看着我们一群人，说："去吧，注意安全啊，本来工厂规定不许11点后开门的啊，但是，今天是除夕啊，再说还差两分钟才11点嘛。"于是有人去借摩托车，我们一群年轻人呼啸着飞驰过街头，在长安镇的广场上，听着新年的钟声，一声声敲响。

此后，在很多很多的节日里，我都像二姐那样，隆重地折腾，买花装扮餐桌，把节日的气息渲染得热闹无比，让百合、康乃馨和月季开到凋落。就像母亲一直希望的那样，在锅碗瓢盆的交响曲里炖肉炖鱼蒸螃蟹，让寻常的日子生出热闹和喜庆。无论生命里遇见了什么，失去了什么，都要像老家山野里的植物那样，在光阴里持久地丰盈，变得柔韧且坚强，沉稳又热烈，经得起风雨，不惮于和命运的暗黑狭路相逢。

想起儿时那些穿的破旧的衣服，在母亲的手里，它们总是被不断地赐予新的生命，拥有新的样子。我想着，即使是岁月的风雨弄皱了我的衣服，我也一定不要拿眼泪和叹息去加深它的褶皱，我一定要不断地学着用自己的智慧和技艺，把褶皱熨得更加平展，在那些褪色或者有破洞的地方绣一朵妖娆的花，让这件旧衣服别有韵味。

在很多年之后，我才明白，和二姐在东莞度过的那一个除夕夜，那一锅饺子，就是我的成人礼。

这一锅除夕的饺子和那晚天南地北的一群人的欢声笑语让我明白了生命的意义。在此后没有母亲的所有日子里，它教会我如何在他乡、在远处，在此后的每一个节日里，在以后的特别或者平常的日子里，用什么去对抗生命的虚无，对抗我内心深处的伤感和脆弱。绝不吝于付出，从不后悔被辜负，即使在凄楚的时候，我也要让生命开出繁华，不将就，把余生的每一天都认真地对待，接纳天地所馈赠的一切。因为，我的母亲，我的成人礼教会我如何以一颗纯粹的心热气腾腾地参与生活，并愉悦自我、温暖他人。

天地辽阔，每当想起我曾经在那样简陋的宿舍里，能够和二姐一起动手，和那么多天南海北的人一起吃香喷喷的除夕饺子，我就生发出源源不绝的动力，并产生出对美好生活的无限向往和陌生人的善意，以及把普通的日子过得色彩斑斓的信心。

人生海海，愿新年胜旧年，愿亲友们长乐未央，祉猷并茂，百福具臻，岁岁欢笑辞旧岁。愿新年及余生的每一年，都能够年年春暖，岁岁平安，时时相见。

当时只当是寻常

春节时，姊妹们带着各自的孩子一起来家聚，十几个大人说说笑笑地喝酒聊天，小一辈的几个孩子虎头虎脑地嬉戏打闹。我一会忙着在厨房蒸煮煎炒，一会招呼着她们喝酒吃菜，一会忙不迭地拿出手机抓拍大家说笑聊天的画面，把其乐融融的瞬间即时发到家族微信群里。

我知道像这样的日常场景，在这个人人拥有手机的时代里，很多人也只是随手一拍，一看而过，一笑了之。当手机的存储空间限制时，她们会清空这些聊天记录，连同这些照片。

可是我总是会抽空选取一部分有特点的照片打包压缩转存在电脑里。不为别的，只为在很多年之后，我们在永远无法回溯的光阴里，还能因为这些照片，想起生命里那些温婉的微笑，那些光阴的印迹：那时的穿庐人醉，那时的载笑载言，那时的闲来静处诗酒猖狂，那时的逢时遇景拾翠寻芳，那时的知交挚友曲水流觞，那时的斜阳舞醉步兴尽晚回舟。

如是，就算是时过境迁，老来拄杖蹒跚，也至少以此回忆煮酒，于静水流深时，沧笙踏歌处，回味起生命中那些温暖和感动，那些如明月在空的笑容，足以点燃岁月前行的路口。众生百态，市井千般，经书日月，粉黛春秋，在这珍贵的人间，太阳曾经有过那样热烈明媚的光芒，水波曾经是那般的温柔平和，在这个缤纷的世界，你爱过也被爱过。

"七月在野，八月在宇，九月在户，十月蟋蟀入我床下。"如果你能够清楚记得"那些在大雨中为你撑伞的人，黑暗中默默抱紧你的人，逗你笑的人，陪你彻夜聊天的人，坐车来医院看望你的人，陪你哭过的人，总是以你为重的人，记住那些组成你生命的一点一滴的温暖"，那么，你又怎么会在失意时彷徨，在寂寞时孤单，在病痛中绝望，在落魄时茫然？

并非所有的美好都是理所当然。以前的我，也并不是很懂珍惜当下，也不明白"为了记住你的笑容，我拼命按下心中的快门"的真正含义。我不明白什么才是真正的热爱生活，什么才是不负当下。

前不久，我们这个很久不曾飘雪的城市，突然给了我们一场不期而至的惊喜——漫天飞雪！仿佛无数个轻盈的二次元世界的精灵从九霄云外翩然而至。我立即催逼儿子赶紧从热乎乎的被窝里出来看雪，出来拍雪景。他十万分不情愿："不就是下雪了嘛，哎呀，我就最烦你们拍照片了！"

那一刻，我哑然失笑地发现他多么像当初的我！那时候当母亲说："等照相师傅来，我们也来拍个全家福吧！"年少的我听了很不以为然，觉得拍全家福，真是太土、太俗气了！

　　我在母亲去世之后的二十多年里，一次次在最深最沉的梦里，梦见她在厨房忙碌，在院子里晾晒衣被，醒来之后，独自神伤，黯然泪下。我找遍家里所有的影薄，想要再次翻看她的照片，可是她的照片实在太少太少。时光荏苒，我想要仔细回忆母亲眼角的皱纹，她指间的伤痕，她额头的白发，却只能在梦中才能看得分明……

　　当我的先生问起我母亲的样子时，我总是强忍着心中撕裂般的痛说她很善良、很勤劳、很聪慧……我不能指着很多张她的照片说：你看，这是她在做缝纫呢；你看，这是她在做饭呢；你看，这是她和外爷在一起，好开心呢；你看，这是……

　　我曾经误以为夏天会很漫长，可转眼却已冬至了。我想要捡起春天的一枚花瓣，却连残留的暗香也无处可寻。"最是人间留不住，朱颜辞镜花辞树。"我想要努力回想起和母亲在一起时那晚间的明月清风、那风雨欲来的天色、那厨房的烟火，以及她站在灶台前忙碌的样子……

　　当时只当是寻常。

　　那些寻常的好时光啊——少年时，常常一个人穿行于故乡的山林中，听风吹过耳际……我那时沉溺于如何逃离那些土墙，逃离那些泥泞的林间草径和狗尾巴草，逃离母亲的唠叨……时光如飞，时光如刃，"掉头一去是风吹黑发，回首再来已雪满白头"，我们总是在最好的寻常时光里或者沉睡，或者蹉跎，那些素面朝天却暗地妖娆的寻常时光呀，当她们从指缝间溜走了的时候，我们才后知后觉地泪流满面，悔不当初！

　　如果你认真而仔细地看过凌晨四点钟未眠的海棠花，你就不会遗憾于凋零的残缺。网络科技让我有更多的空间来留存寻常时光的印迹。我以时间为断落，以光阴为笺，用无数帧剪裁的电子照片、文章、视频缝织出记忆的温暖河山。我轻点鼠标，那些文件夹就是寻常时光里的索引，一点点引着我去回顾那些光影里的过去。

　　有一次，我无意中把同事的孩子在林间歌唱舞蹈的视频翻出来，随手转发给她，她的惊喜无以言表："我再也没办法拍一张儿子六岁时的照片了！我真是后悔，那时候为什么不多拍一些他的照片呢？一晃他就大学毕业了，时间好快呀！"

　　我记得父亲说过，寻常的好日子总是过得太快。原谅我，在这样的寻常时光里，我不用赞美时代的岁月静好，也不用歌颂现世安康，我知道我不是个贪得无厌的人，我庆幸，在我明白的时候，一切都还来得及。

　　我知道我还会拍很多很多的照片，我还会一次次不失时机地用手机随手拍下一个个美好的瞬间，再在未来某个闲暇的日子里，回忆一个平常老百姓在寻常日子忙碌着的样子。

夏日的一些片段

大约 5 月 24 日

走近一个人的内心，比走近一个季节要艰难得多。

不管多雪的冬季多么不愿离去，春天还是在枝头睁开惺忪的眼睛，夏天也紧跟其后。季节的轮回是无法阻止的，高考也是一定要面对的。

孩子也总要长大，终有一天，也会和我们一样为人父、为人妻，但是在这样含苞欲放的花季，有些事对于他们来说未免太早。

已经是第四次了，他在我转身在黑板上写字的一瞬向她递过一张纸条。三个人的目光相遇，他低下头，她红了脸。放轻脚步，小心翼翼地走近，隐隐的可以听到一声声深深的叹息和怦怦乱跳的心跳声，低低地回旋着。

我不愿意我的学生在高考前面对这些，我更不能让"早恋"这个敏感的词从我的嘴里说出。我更愿意相信他们，但是假如是这样的呢？

下午在河边，我远远地看见拉着手的两个人，是她和他。

作为他们的老师，我该怎么办呢？

旁敲侧击？当面盘问？我摇头，我知道这样只会把事情弄得更糟。

5 月 25 日

这是一节自习课，他们的任务是在规定的时间里完成一份英语模拟试卷。

教室里静极了，我走向窗口向外看，满眼的绿色，有清脆的鸟鸣在绿色的枝叶里回旋。

转过身时，我看见她在试卷的下面写着什么，凭感觉写的不是英语。我走过去，她想掩住已经来不及了。她咬着唇十分不情愿地看着我从试卷下抽出那本漂亮的手抄本。

我极力压住自己内心升腾的怒火，一言不发地把手抄本拿在手里。我渴望看见这娟秀的字句里面所隐匿的那一颗不安跳动的心，可我也同样害怕不小心伤害了一颗柔弱的也许什么也没有的纯洁的含羞草。

我极力使自己平静着，示意她继续答卷。

终于，我决定把手抄本轻轻放回她的抽屉，让她下午放学后来我办公室一下。

整个下午，我都在想该如何和她沟通，她是内向的、不善言辞的。我的责任是一直悬挂在我心头上的，让每个考生都能轻轻松松、心无旁骛地走向考场，不带一点遗憾和压力。

她来了，接过我递的水，不敢抬头看我，我笑着说："老师也和你们一样青春过啊，不信，我给你看我高三时写的东西。"

我看她读着——

像是一种声音！听得到！看不到！可是很真切，犹如结伴而行，你在我的肩侧，呼出的气息就在耳畔。像他的眼睛，飘忽不定，似乎可以感触到，却总是难以把握。

却依然不可能完全看到那最深最真的地方！

女孩的内心总是很柔软吗？怕风、怕雨，只能独自开放，只能独自关照。

在渴望走近一个人的内心时，忽然想到自己，自己的内心又有多少向另一个人开放呢？那最柔软的、最隐秘的地方，似乎只有自己才可以抵达……

她抬起头来，终于向我投来信任的目光，我说我相信你一定能面对自己现在所面临的人生最重要的一次考试，等你经历过，你会更清楚地认识自己。你现在应该做的是计划好每一天，认真做好现在应该做的事情，如果让自己忙起来，有些心情就会像迷雾一样自行消散。

每个女孩，都有一颗敏感的心，我说假如你能放下一切，全力赴考，就一定会考好，那个时候再去写东西，会写得更流畅。

她点点头，感激地冲我一笑，我摆手说以后要专心，她迅速地一弯腰，算作一个潦草的鞠躬，退步出门，轻盈得像一只鸟。

6月26号

我看到她的名字在高考分数通知栏里：632分。我笑了，转过身，就看见她害羞地冲我笑。我们的手"啪"地拍在一起，她递过来一个漂亮的手抄本："老师，你要不要看？"

我笑了，说："如果你觉得我可以欣赏的话。"

"夜是最可以掩藏目光所及的一切的。当这个世界悄无声息的时候，连一声低呼，一声叹息，一声不知名的虫子的鸣叫也听不到了，就是所谓夜色笼罩了，笼罩的，我想远不止空间和时间。我想偷偷伸展出触角，一如花儿开放。我希望下雨，尽管下雨在以前是多么讨厌。我喜欢在一个阴沉的下午，躲进屋子，拉上窗帘，不开灯，模拟着进入夜色笼罩的境地。我会试探着，慢慢地，慢慢地伸展开自己。如果有雨，或细密，暗暗契合着心境；或急骤，忍不住随它一起宣泄。这样的日子，毕竟太少了。更多的时候，是迷茫，需要强打精神，在喧嚣浮躁中随波逐流地去高考，难以休憩。"

我说："很好啊，将来指望你出了名，我就可以吹牛说我是某某某的老师啊。"

我们一起大笑，阳光照得我的眼睛都疼了，我知道自己每送走一届学生，我便不再对他们留下很深的记忆，再相遇，听他们叫"老师"，我会高兴并惊诧于我这样平常的老师也会有那么多优秀的学生。

不知道下一届的学生，又会给我带来什么样的挑战？

我的平底鞋情结

    记得很小的时候我就很羡慕成年女子穿着高跟鞋优雅行走的样子，也曾偷偷地把一双小小的脚伸进母亲的高跟鞋里，盼望着有一天长大了，能穿着那样细高的鞋行走。可是母亲一直不许我穿高跟鞋，我只能一次次向那些摆着高跟鞋的柜台投去留恋的目光。直到我大学毕业为了打发时间，临时找了一个工作的时候，拿了自己可以支配的所有的钱奔向自己"蓄谋"已久的鞋：纤细的高跟，镶嵌着精致闪亮的水钻，在我二十年没有释放过热情的脚下绽放着炫目的光彩。室友惊呼："天啊！你干脆去做脚模特算了。"可是当我第一天精神抖擞的去上班时，经理头也没抬地吩咐另一个女孩带我去熟悉公司下属的八个分厂，并要求我务必在下午五点之前画一张各个分厂之间的生产流程图。各个分厂之间的距离也就一两百米，可是当我走完其中的三个，我的脚已经疼得无法正常走路！时间紧迫，我却沮丧无比，全是因为这该死的高跟鞋！那一刻我明白了灰姑娘穿着水晶鞋和王子跳舞的隐喻，那双水晶高跟鞋又为什么是一种残酷的刑具，再好的高跟鞋也不会比一双平底鞋让你穿得舒服。

鞋子于人是如此重要，我们借着它走向未来的道路。灰姑娘的水晶鞋不知道蛊惑了多少个懵懂无知的年轻女子。倘若女人心甘情愿地想去迎合男人的口味，或者喜欢把自己的脚作为美的祭品，倒也无可厚非，只是更多的时候，女人不自觉地在大众的引导下为一些所谓的美丽付出经济和自我的双重代价。在医院工作的哥哥说，有的女人因为长期穿高跟鞋，导致不得不做手术来矫正脚骨，这简直就是现代版的"削足适履"。

有的女子说自己穿高跟鞋也一样走得飞快，我也相信，那实在是修炼的结果。电影里也上演过穿着鞋跟六厘米高的女刑警飞一般把罪犯拿下的剧情，我问一位女警官是否真有此事，她说："从力学角度上讲，你认为小说里的'凌波微步'是真的吗？"我们一起笑起来。

作为一个日日匆匆忙忙、风风火火，唯恐耽误了上班挣钱、买菜做饭、接送孩子、陪孩子玩游戏的上班族兼孩子妈妈，丢弃那些为了美丽而让自己不舒服的装备，也许就是为了更好地诠释自己的普通人的角色。普通的我既没有自卑到需要一双高跟鞋来提升自己的自信，更没有什么聚会让我显摆，我也自知自己没有妩媚的风姿诠释高跟鞋的优雅和性感，于我，素面朝天的安稳舒适远比强做出来的优雅更令我从容。

我从此和高跟鞋绝缘。

风筝

在暮春的午后，我看见有风筝在楼与楼之间挣扎。她想飞，她飘摇的样子我见犹怜。

在这样喧嚣的世界里，我们的耳朵里充斥着汽车的轰鸣，我们听不到自己的声音和小鸟的鸣叫。在城市和城市之间，在高楼大厦之间，我们的心一如飘摇的风筝，找不到停落的理由和栖息的位置。我们等待着，等待着越空而来的清风和在清风里自在蹁跹的舞蹈。

那自在蹁跹的舞蹈啊！

我们也自知在城市的时空里，自在蹁跹的舞蹈之后，是身心的疲惫，是曲终人散之后的冷清，是醉生梦死之后的破碎，是美丽之后的离弃……有几人能逃得过那美丽的劫？

于是我们等待着有风来慰藉自己那颗飘摇的心。

在等待的过程里，我们一任时光在掌心里灿烂着，吟唱着；一任青春在眸子里游荡着，张扬着。掌开掌合之间，绿了芭蕉，红了樱桃；眼睁眼闭之间，世界黑了，头发白了。但你不能撤退，不能逃避，你要等着那清风里自在舞着的、美丽的一刻，并欣赏着在等待的过程里行走着的、可以用来记忆的或尘封的，或玩味的，或感受到的一切。你能做的无非是这些了。

当然你可以让手心里的那点阳光再灿烂些，让眸子里的青春更张扬些。不然你定会伤心当你在清风里自在蹁跹地舞着的时候，你所见着的并不如你所想象的那样明媚，那样让人流连忘返；而你掌上的阳光已不知何时成了你额上的沟壑，鬓上的银丝，眼里的沧桑，无人能解的叹息。

有清风吹来，仍有风筝在努力地起飞，飘摇着无怨无悔地向上。而你曾经的筝架，如一团枯刺直抵你记忆的深处，只有那曾经轻盈回旋的风筝的影子，在你的梦里歌唱，温暖你那颗已经渐冷的心。

蓦然回首，那校园依然灯火阑珊

　　细雨漫天，轻轻盈盈地飘下来，烟一般，雾一般，无声无息地浸润着静谧的乡村，浓郁树荫里，楼阁绿草、小桥流水若隐若现。所有的尘埃都消失于无形，所有的浮躁都无处停留，琅琅书声之中分明是一片安静的、浓郁的绿色。在被浸润的胸腔里，似乎有什么东西慢慢地从你的肺腑之间随呼吸释放出来，在雨中，在琅琅读书声中飞扬，一种灵魂被洗涤的快乐、幸福感弥漫在你身体的周围。

　　我突然觉得，自己一直以来迷茫、彷徨的心终于找到了停留的地方——这是我第一次踏上大河这片土地时的感受。在之后将近十年的岁月里，我的脚步几乎丈量过大河中学的每一寸土地，我年轻的汗水、泪水在这里挥洒，我懵懂的对于生命的认识在这里慢慢沉淀。我感激在这里遇到的每一个人，感激命运让我和大河中学相遇。上课的铃声如珠似玉，在多少少年的心上叮咚作响，校园操场边上的梧桐在潺潺的河水边盛放了一季季的清秀花容，瓣瓣馨香悠远，穿越时空、穿越世俗、穿越未来，指引那些从这里出发的学子们归来的方向。夕阳西下，教室里一盏盏照亮知识、照亮未来的灯亮了。春来，细雨无声入河，涟漪悄然泛起；夏来，木叶如伞般张开，遮挡尘风俗雨；秋来，青山绿草沁出片片墨绿；冬来，炉火夜话闲敲棋子暖意融融。步履其中，于是你也成了一叶梧桐，有了诗词的意蕴，成了一滴细雨，有了纯净的精髓；身处其中，于是你也有了夜读庄子晨读鸟声的悠哉和脱俗；浸润其中，于是你静观万物怡然自得。

从尘烟处走来，踏碎市井喧闹之声，我在三尺讲台上任粉笔如雪染白青春岁月。在夜与日之间，我殷切希望每一朵蓓蕾地绽放，我渴望见证每一枚果实的丰硕。在大河的校园里，我知道自己只是曾经停留过片刻的过客，却也愿意在我们灵魂相遇的顷刻守望窗外飞过的鸿鹄，或者见证一两只不眠的鸟雀惊飞于高高的寒枝的模样，把一颗向往禅境的心，安放在大河清澈的河水里。在校园的一隅，我看见了我心中那座伟岸的南山，不去管自己采摘的是操场边的牵牛花还是学校背后的野菊花，反正树丛掩隐中的乡村小屋、校园里的青松劲柏都是中国山水画中的意境，都是我心中的净土。

秋水潺潺，蒹葭苍苍。在我后来离开大河中学的很多个夜里，关于大河中学的记忆和大河中学所给予我的一切都一次次出现在我的梦里，怀思的水面一圈圈荡漾出思念的涟漪，想象的翅膀寄予着我无声的问候。在琅琅书声之中，在潺潺流水之畔，那些我在大河中学所经历的过往，那些我在大河中学所得到的教诲，都将是我枕畔流淌而过的音乐，于灯火阑珊处给我面对明天的力量。

熬至滴水成珠

　　我喜欢池莉的小说，因为她写的大多都是百姓的家事，仿佛是身边的一面镜子，照出了市井里你我琐碎的辛酸和那些平常的幸福。我偶然在书店的一角，遇见了她的散文集《熬至滴水成珠》，突然就被这书淡雅的色彩吸引了，当时心里对它并不抱太多的希望。池莉是名家，一直以来，我都认为读书是不必非名著的，就如看风景，山不必名川，水不必名湖。然而在它待在我书柜里有一个季节之久的样子吧，我偏巧生了一场不大不小的病，整日里恹恹地待在家里无所事事，于是翻出它来，却一下子有了相见恨晚的感觉。它仿佛应和了当下的季节，不似春的柔和妖艳，更不似夏的火辣喧嚣，也不似秋的丰硕绮丽，它恰如淡定的冬，经历了太多岁月的成长，生活的历练、酝酿和升华，它的底蕴是那么深厚，有着落叶的静美、白雪的通透、冬日暖阳的温婉，篇篇文章一如我窗台上落下的片片银杏的叶，非花胜似花，非诗胜似诗，结构层次清晰明了，文字发人深醒，引发共鸣，字里行间的娓娓铺陈，令我难以忘怀。

她说：我渴望懂得怎么才是爱自己。有一种春是无法守候的，这就是人生的春。人生的春往往与年龄没有关系，平常来说，人生的春便是一种懂事。有一句成语叫"少不更事"，可见懂事需要时间、需要经历。用漫长的时间去经历，便是"熬"，譬如中草药制作汤药之"煎熬"，人生的春是煎熬出来的。在现实生活中，大约就是要修养出一种善意的豁达和宽容来，无论外面是多么热闹，无论呼朋引伴的声音是多么诱人，我也只是该做什么就做什么，与世界相看越久，心里也就越是熟悉平和，不会焦躁、急促、狼狈、愤懑。她又写道：我要记录这样一个奇遇，记录某个时刻的悄然而至。就是这个清晨的某一刻，我在细腻的雨声中慢慢醒来，仿佛一滴水珠子，当爱人的手紧紧握着我的手，只有李白的一句好诗穿透岁月到现在："相看两不厌，唯有敬亭山。"此时此刻，宇宙天地如此郑重，男女也不再存在，夫妻就是骨肉至亲，看不厌的爱人就是山，是石头，纵然凡骨肉胎转眼就灰飞烟灭，至情至性总归那座敬亭山……

这些精灵一样的文字就这样抵达我的内心。它是如此急迫地让我比照我自己的生活状态，于是我向自己发出追问：什么时候，像我们这样天资愚钝的人能够守候到属于自己的春？我读第一部分："如是我闻"，从冬日的一天，暖阳升起开始，直到午夜月光清冷铺洒在窗台，我想我为什么就不能写下自己对生命、对生活的感悟和体会呢？我读第二部分："我闻如是"，就想怎么着我也算是一个热爱生活的人吧，却为什么总是对生活有着莫名悲观的叹息？生命真的是用来挥霍的吗？或者生命真的就只是一场单向旅途？

一位中年女性，智慧如池莉，也一样有着和你我一样的困惑，以及对生活，对亲情、爱情、友情的质问和坚持。在生命的旅程中历经的一切风景，包括生命中相遇的你我，如同我遇见的这本书，寻常的遇见并心生欣喜，且能于尘世里日日忙乱的柴米油盐、锅碗瓢盆中偷得浮生半日闲，在这个特别的冬日暖阳中细细地阅读，便觉得是一种缘分，是莫名中修来的福气。那么，且让我细细地享受这阅读和欣赏的过程，安然且平和地享受生命中的每一段遇见，等待着有那么突然而至的一刻，能够把自己思想的精髓"熬"成一滴纯粹的水珠，晶莹温润。

也说"伯爵在城堡"

——读《站在两个世界的边缘》有感

　　当我惊觉窗台上的无花果已经熟透并从枝头悄然掉落的时候，暑假已然快要结束了。我不知道是否有更多的人如我，浑浑噩噩着任由光阴如沙从指间一点点滑落，岁月如洪水猛兽不知何时早已吞噬了年少时的理想。

　　说到理想，很多像我这个年纪的女子都会不自觉在唇边浮现一抹自嘲的微笑。理想？什么是理想？在生命的长河中随波逐流，我们早已经忘记了最初努力的动机，忘记了我们最初出发的方向。

　　一位大学同学曾经怅然若失地对我说："每当新年的钟声响起，每当我亲手换上新的日历，我都仿佛看见那个最初的我对现在的我充满了鄙视。可是，在这个纷繁嘈杂的尘世，你若是要坚持理想，坚持做一个理想主义的人，你就会被现实击打得伤痕累累、体无完肤。我放弃对理想艰难的守望，我选择平庸且卑微地活着，只是活着而已。"

　　她说的又何尝不是我呢？我承认我不够勇敢，我承认我很平庸，我不是一个生活在自己的精神城堡里的勇敢的伯爵，我为此感到羞愧。我对自己拥有健全的四肢却无所事事、丢弃理想而心生愧疚。我们，仅仅只是为了让自己生活得更安逸而选择一条更容易的道路，在生命既定的轨迹上，我们按部就班地吃饭、睡觉、喝水，我们对这个世界的丑陋绕道而行，我们对远方的美景望而却步，我们甚至不愿意去进行新的尝试，更遑论创造。我们囿于世俗既定的圈子，甚至不敢走出家门涉足远方去看更多的风景，我们不再愿意劳神费力地深入这个世界和他人的内心，而仅仅因为这样做相对比较安全和稳定。

我曾经和你一样认为这样做其实没有什么不好，生命本来就是用来浪费的吧？直到昨天儿子极力推荐并亲自监督着我去读一本名叫《站在两个世界的边缘》的书。

在读这本书之前，我甚至从没有静下心仔细地去想我们的生命对于这个世界究竟有什么意义？我们吸收阳光，我们索取大自然给予的一切，我们给这个世界带来了什么？我们的存在对他人究竟有什么意义？就算是一棵树，它努力地撑起一片绿荫，它所在的地方就变成风景，风有了琴弦，鸟有了家园，空旷的原野有了标志。而我们身处天地之间，吸取天地赐予的一切，我们为这个社会付出了什么？我们为了一个更美好的世界有没有尽自己所能的努力过，不害怕伤害，不害怕误解，不吝于付出？

这些努力、这些伤害、这些误解所带来的辛苦和疼痛，与一位自出生后便没有机会下地走路的向死而生的"职业病人"所承受的种种相比，都几乎可以忽略不计了吧？而这个生于新疆、长在

154

新疆的"职业病人"，这个网名叫"伯爵在城堡"、真名叫程浩的人，他在这个世界存活了仅仅 7200 多天，他的身体从来都没有健康过一天，轻松舒适过一天，但是他的心理简直是健康得不能再健康了。他对生的渴望和对命运的包容，他的幽默和坚强，让他不以时间、场地以及自己的悲惨遭遇为转移，他面对生命必将随时降临的死亡依然充满乐观。他学英语、写代码、建网站、做动画、炒股票、当游戏代练。他自由的思想，他热爱生命的态度，他所坚持的理想，他生命的丰富程度和可能性甚至超过身体健康的人，他让自己在尘世短暂的旅程充满质量和厚度。

也许在我们每个人的内心深处都拥有一座精神的城堡，那里有激情，有梦想，有爱，有对于美好的一切的憧憬和向往，那里沉睡着另一个自己，那个他对这个世界充满好奇，充满探索的欲望，对未知的种种可能兴致盎然。如果真是这样，那么趁着阳光还能够温暖你身，清风还能够凉爽你面，趁你还拥有行走、写字、讲话、享受美食的蓬勃活力，趁你在"一觉醒来，窗外的阳光依然灿烂"的时候去行动吧，别感觉"还是活着最重要啊"然后一觉醒来一成不变。就像作者程浩在《改变世界，需要切口》的结尾所说的那样"把自己当作世界的'切口'，从下一秒开始，改变自己，改变心态，改变时间，改变生活，改变……"。

向程浩致敬，向生命致敬。

生命是如此可贵，而我们此刻仍旧拥有，所以，不要辜负生命，不要辜负给你健康生命的父母，不要辜负你自己，不要辜负属于你的每一寸光阴，更不要因为死亡是生命的终点，而放弃体验生命的整个过程。请坚持爱，坚持理想，坚持对正义和美好的追求。不怕伤害，不怕疼痛，不怕辛苦，不吝于付出。

因为，生命只有一次。

十字路口

　　在睡梦中，我被电话铃声惊醒，迷迷瞪瞪地听到分别八年之久的舍友的声音，她的叹息从遥远的那一边传来，是如此清晰又模糊。她说幸福的人有两种，一种是义无反顾投身于海中葬身于鱼腹的人，一种是见到海以后决然不顾转身就走的人。不幸的人也有两种，一种是在海边徘徊不定的人，一种是没见过海而抱憾终身的人。而她是心在岸上，身在海里的人。她问我她是幸呢还是不幸？我说："丫丫啊，我记得你的心是在海里的啊，虽然那时你的人在岸上。"她却说正因为那时身在岸上，才傻乎乎以为海是自己心灵的归属，"不识庐山真面目，只缘身在此山中"嘛！

　　我默然无语。

　　她说她是不幸中之大不幸，她的心已无归宿，也找不到回家的路。

　　八年前，我执了她的手，走在人潮汹涌的大街上，毕业离别的伤感浅浅地流淌在黄昏的十字路口。我说向左走吧，那里是宁静而单纯的校园，勤奋如此的你，耕耘的结果定会如你所愿；她说不，还是向右走吧，那里有迷人的海，欣赏旅途不同的风景才不枉此生，平淡安宁岂是心之所归？

于是我们分手了，她下了海，我来到三尺讲台上。

我日日忙碌着自己琐碎的事情，日复一日地面对着讲台下一双双年少的目光，那些虚幻的梦想，莫名的伤感都在这些纯真的目光下销声匿迹，遁形而去。我身在这里，我心亦在这里，如朋友所说，我是幸福的了。

人生不知有多少个十字路口，有多少次迷茫的未知和徘徊？

小时候我曾读过一个故事，说有一条鱼一直生活在海里，有一天海浪把她高抛在空中，在那一瞬，她看见了海岸上她未曾见过的许多：鲜花、绿树、青山及一切，从此她就不再快乐，有一个梦想不停地折磨着她，她想她所有的不快乐也许都是因为大海。在去留的十字路口，因为对海的熟悉、对安宁平淡生活的厌倦，在又一次涨潮时，她决定孤注一掷地离开，大海说请你不要离开，你是属于大海的，可她已不能停止梦想和渴望，在涨潮的一瞬，她倾力一跃来到了岸上。在明媚而灿烂的阳光下，她的生命不可逆转地枯萎，没有人听见她临终的言语，因为她已不能言语。在故事的末尾，我只看见一条头向着大海的鱼，睁着眼，望着海。

可惜有很多人平凡如我，读不懂那条鱼最后的暗示，我们在自己平淡的生活里，面对着众多的选择和诱惑，让自己那颗不安分的心在许多十字路口间彷徨，却忽视了身边最简单的幸福和心灵深处最单纯的需要，正所谓"无病之身，不知其乐，病生始知无病之乐；无事之家，不知其福，事至始知无事之福"。我也曾迷茫地怀疑自己的生活，和朋友调侃说："难道就这样不坏不好，难道就这样平凡到老？"可是正如舍友所说，平凡又有什么不好？在纷纭中自甘于三尺讲台的平凡，在平凡中耕耘着一份真诚，宁静的岁月淘洗到最后，我们收获的岂止是自己满头银丝下覆盖的那点儿从容。

其实，我们每一个人都是尘世中的匆匆过客，对漫长的历史来说，没有一个人是不平凡的，但当所有平凡的生命连点成线，我们会发现，所有的不平凡就是由一个个平凡的生命和琐碎的事件组成。不同的是，我们常常被别人的不平凡所迷惑，被过去的"伟大"所迷惑，其实在他们不平凡的背后仍然是平凡。天地之大，万事万物之迷离变幻，皆归于平凡。

让平凡的日子散发出诗意的光芒，让平凡的工作散发出不平凡的美好，让短暂的生命书写出不平凡的乐章，一切取决于平凡的今天。

你的生命就在平凡和不平凡的十字路口。

冬日里的恋恋红装

吃过腊八粥，年关就近了，是给孩子买新年衣服的时候了。

行走在商场各色的衣服中间，仿佛行走在一个个飞扬的彩色的精灵中间，在享受它们带给我视觉盛宴的时候，我不自觉地想，到底是衣者赐予了衣服温情，还是衣服带给了衣者灵性？我唯一能确定的是一件衣服演绎一种心情，一件衣服演绎一个形象，一件衣服传递一种生活方式，一件衣服表达一种生活态度。那么在寒风料峭的冬日，我不知道除了红色，还有什么颜色能带给我们抵御寒冷的勇气和力量？红色，比黑色大胆，比紫色更贴近平民，比黄色更热烈，红色代表了热情、奔放、快乐和自信。红色是太阳的颜色，是血的颜色，是火的颜色，是生命的颜色，让人觉得活跃、热烈，有朝气，象征着温暖、热情与兴奋，张扬着衣者的开朗和快乐，与吉祥、好运、喜庆相联系。若是把红与黑相混，比如把两色轻薄面料层层叠叠，便显出枣红的浓烈来，像酒般醇厚，若把红与黑拼接起来，则强烈得令人惊心动魄，震撼得令人肃然起敬。

"云想衣裳花想容"，倘若一个女子是爱生活和美的，就不可能拒绝一件心爱的衣服所演绎出来的优雅和妖娆；倘若有一件衣服能线条简洁流畅地衬托出女子天然的红颜，将现代与传统结合得不露痕迹，将阳春白雪的雅致和下里巴人的明朗诠解至完美，那么我相信这样的衣服一定是红色的。然而商场里常是满眼的桃红柳绿，或妖娆，或清纯，或烦琐，或简约，却没有一件能使我眼前为之一亮，一眼看见就爱不释手的。纵千般风情，万般风流，却与我无缘，不免沮丧。

人越来越社会化，也因此从来不能够仅仅以内在的精神来示人，为悦己，为己悦——你看那声色光影，刹那芳华。如果有那么一件衣服，如量身定做一般舒适，与你的内在情绪和气质完美融合，当你于微风中，款款移步，带着浪漫和舒缓，在小径中演绎出只属于你的那种美和优雅，时光被定格在你生命里最惊艳的一刻，带给你前所未有的信心，赐予你绝对的掌控力，舒缓在春花秋月中，行走在夏荷冬雪里，并以此来拯救你对于爱和美好未来的几近绝望的期待，重拾对明天的幸福憧憬，并以此来对抗虚无而漫长的人生……

可是，我总是常常遗憾，要么是面料过于粗糙廉价，要么是做工过于敷衍潦草，要么是款式过于繁复，太过张扬或者老气横秋……于是大都空手而归。但我还是希望，总有那么一件使自己动心的红色衣服，安安静静、欢欢喜喜地守在那里，如一片阅尽世间春色的叶子，似一缕看透人间繁华的云朵，在静静地等着我的回眸，等我去认领，将我日渐喑哑的激情、不再玲珑剔透的身材演绎得恰到好处。那种蓦然的相遇，那份突然的心动，是酒至微醺的妙不可言，与一件衣衫的相遇相惜，便如同一个男人和一个女人的故事——温暖干净的男人和内心深怀渴望的女人，自然地相遇，轻轻地相拥，深深相爱，不言离弃。那样一份感动，一份相见恨晚的情谊和欢喜，恨不得没日没夜地将它穿在身上，相伴生命里的千山万水。

女人总是嫌自己的衣服不够，其实真正日日里经常穿的无非也就那么几件。很多时候是凭感觉或是心情去买，甚至就是为了买东西而买东西，满足的就是自己的消费欲望或者觉得自己辛苦取得心理的平衡。买的时候想着某个时候可以穿上它，风情万种，美得不可方物，最后却总是再难有心情去仔细地对待所买的衣服，搁置得久了，过时了，也就不喜欢了。

随着年岁渐长，我对于衣服似乎不再有那么多热情，除非是到必须要穿的时候，且衣橱里再没有合适的了再去商场，有点不敢深想了，这仿佛对爱情也一并没有了期待，似乎是自己作为女性对于生命的热情陨落的标识。不过我还记得上个月无意间陪朋友去商场购衣，在休息椅上落寞小憩时，一偏头，不显眼的角落里一款墨绿色娃娃衫让我的心突地一动，遂起身欣然试穿。这款丝绸的中式长衫，质地轻柔凉薄，着于身，隐约可以看得见一段小蛮腰的玲珑曲线。这份若隐若现的含蓄娇媚胜过张扬泼辣的盛放。领，是落肩的小立领，巧妙烘托出一段流畅柔和的颈线，衬里的水洗棉，柔软贴身，腰身下面是三层雪纺的连缀，三层雪纺一层浅叠一层，举手投足之间摇曳生姿。墨绿的底子，附了靛蓝、烟灰、幽紫、淡粉的细碎花朵，近观，是水雾氤氲的湖面上随手撒了一把温润的花瓣，隔几步看，又似淡彩的墨点无心地洒在古意盎然的宣纸上。若再配上同样墨绿的飘逸的 A 字长裙和手工的真皮平底靴，可真是好看啊。

之所以啰唆细数一件衣衫的好，无非以为这一场邂逅值得自己如此这般兜兜转转、寻寻觅觅。只是后来，这件衣服一直没有适合穿出去的场合，一是总是没有质地和样式相配的裙子，所见的裙子总是觉得一概都委屈了这样曼妙妖娆的上衣，又觉得一定是要什么样郑重而又优雅的场合，才值得我如此隆重、精致地化上妆容来配着这样的衣服……

最后，终于，它就一直地躺在箱底。每年闲暇的时候阳光温凉时拿出来晾晒，心情好的时候，不好的时候，都会想起它，取出来，看看，也只是看看。

鱼想你

小镇有小河逶迤而过，河水清澈，有很多鱼虾，人站水中，便有鱼虾不断前来用小小的嘴去触你的腿、你的趾。日光下澈，影布河底，你不动，鱼便怡然，亦不动，你伸手，鱼便倏尔远逝。

河边有小学校，学校的学生、老师，加上校长，也不过只有四五个人。

小镇离市区远，群山环绕，谷幽林深，只有爬到半山腰手机才有信号。每回分来的师范学院毕业的新老师，刚来时常常被世外桃源般的美景和河里往来翕忽的鱼儿吸引，但往往待不满一学期就急得心发毛，就算老校长拿出自家陈酿的苞谷烧和炸得喷香的汉江鱼来苦劝，也是徒劳。

这一次小镇的学校又分来了一个刚毕业的师范生，是位美女老师。

这美女老师课教得极好，普通话倍儿棒，孩子们很喜欢她。

美女教师喜欢吃油炸的小鱼，也喜欢坐在河边看鱼。镇上的人却不怎么爱吃鱼，说是吃鱼"造孽"，吃鱼是"糟命"，何况鱼养着水呢，都来吃鱼，把鱼吃完了，河里没有了鱼，这河还叫河吗？再问，又说是河里鱼肉太嫩，多是小鱼，须裹了淀粉鸡蛋来煎，太费油，只有不会过日子的好吃婆娘才这么败家。

但小镇的孩子却是天生的捕鱼高手，不用饵也能随便钓上几条，麻鱼、麻介、黄辣丁、尖嘴刀刀鳅、花棒子、鲫鱼……于是美女老师宿舍门的门把手上总是有一个塑料袋，不用说，是孩子们专门用塑料袋连着水一起拎来的各种小鱼、泥鳅、黄鳝。

也许他们认为这位美女老师会因为留恋鱼的美味，留下来一直做他们的老师吧？

快放寒假时，小河都结冰了，孩子们特别担心老师过了寒假不再回来，他们想着法子把冰敲破，破天荒地在冰天雪地里围起"鱼晾坝"。"鱼晾坝"是本地山里人捕鱼的一种方式，即选择一处水流比较急的浅滩，拦腰用沙石垒一条斜坝，斜到对岸时，再从对岸垒一小截与之汇合，在结合处做成鸡头的形状，然后在"鸡嘴"处留一缺口，做成落差，下面接一竹篓。上游的鱼往下游去时，被坝堵住，只好顺着坝往下游，就落进竹篓里。这种做法在山里向来被认为是好吃懒做的无赖勾当，是常常被人鄙夷的。但是，这一次，大人们却都一致默许孩子们做"鱼晾坝"，甚至村主任也穿上胶鞋去帮忙。

但是美女老师还是走了，因为她男朋友在深圳已经替她找好了工作。

在深圳车水马龙的街头，美女老师总是想起远方的小镇，想起小镇边清澈的小河，想起孩子们冻得通红的手里拎着的塑料袋，那里面装着鲜活的鱼。

高楼写字间的喧嚣和复杂也总是让她想起遥远的小镇哗啦啦的水声。

开学时，美女老师收到了孩子们的信，信上画着一条河，河里一群鱼围着一个穿红裙的女子，有些鱼仰着头，张着渴望的眼，有些鱼轻触着女子的腿，有些鱼流着泪，每条鱼尾巴上都写着一个孩子的名字，信上只写着一句话：

老师，你好吗？鱼想你。

午夜读信，年轻的女子不断回想，繁华不过惊鸿，素心如简，原来小镇的青山是那么妖娆，有着平凡生命里可以恒久依托的温暖；小镇横云如涛，也值得作为漫长岁月中平淡日子里不离不弃一份坚守。

后来，我听这个女老师给我讲她的故事，当时她已是一位母亲了，和丈夫同在小镇教书，她讲述的语气是那么平淡，神情温婉恬静，仿佛在讲别人的故事。

乡下的鱼

　　日日走在汉江边，天天喝着汉江水，关于汉江鱼的记忆蛮多，但是很奇怪，像我这样喜好以文字的形式来纪录日常生活的人，却没有一丁点关于汉江鱼的文字。这比如天天吃饭，太熟稔了，习以为常，反而觉得没有写的必要，也比如读书时老师常常布置作文要求写一个熟悉的人，写张三写李四，就是不肯写自己的父母姊妹，因为他们天天都在你身边，记忆里千头万绪的细节太多，反而不敢轻易下笔。因为怕写得不好，对不起那份已然和你的灵魂息息相通的情谊。

　　常常在大雨过后看见菜市场里有竹篮子装着鱼。篮子里铺一层塑料布，里面装着少许的水，水仅能淹住那些鱼的肚，然而鱼却都是活着的，提篮子的都是瀛湖边或汉江边住着的农民，他们告诉我夜里下大雨，水浑，鱼呛昏了，拿抄网捞的。

　　这个我是相信的。

　　有一回，连日大雨，汉江水涨连岸平，河水漫过栏杆，我带儿子去汉江河堤公园看河水。水波浩荡，浪涛奔涌，很多人拿着捞网站在堤岸上捞鱼，还有人穿着雨靴站在河水漫过的台阶上，弯着腰逮鱼。忽然水波中出现一个大圈，儿子惊叫："鱼！鱼！"一个中年男人已经迅疾地扑过去，连身上的衣服裤子也顾不得了，旁边几个人哈哈大笑，一起帮忙围堵，一条大鲤鱼被按住了。我儿子急得连连催我快回家拿捞网。因为技术太差，我们只捞了一些小鱼小虾，儿子很是失望。旁边几个捞鱼的收获颇丰，于是把手掌大的几条鲫鱼和黄辣丁送给儿子。我们回家养了将近半个月，后来儿子同学来家里玩，一个个嘻嘻哈哈地把鱼捞起来捧在手里玩。到下午时，几条鱼都被捏弄得奄奄一息，只好将它们腌了裹上淀粉放油锅里炸了，味道十分鲜美。

小时候住在乡下，家门前也有小河，河里也有鱼虾，总是藏在石头下面，没有人专门去捕捉它们。在大人眼里，仿佛它们和蝴蝶、蜻蜓、蝉等同，更没有人要吃它们。大家觉得它们油水太少，熬汤吧，农民要干活，喝汤不经饿，农村的产妇身子也没有那么金贵，不需要喝鱼汤来下奶。在乡下，吃鱼喝鱼汤被人取笑是"坐月子"的婆娘。

有一年，村子里六婆婆年纪大了，卧床不起，他儿子听医生说喝鱼汤养人，因此特意从城里买了十来条活鱼，放在塑料袋里用竹筐提回来，准备一天熬一条给老人喝。谁知道被老人一顿臭骂，说是命里阎王爷要你三更死，谁能活得过五更，甭临死了还糟践命。儿子被骂得无法，只好悄悄把十来条鱼倒在村口的堰塘里。

那堰塘是当初农业社时专门挖来积水以便牛羊牲口饮用的，包产到户之后，家家牛羊都在自家喂养，没人专门赶牛羊去堰塘饮水。因此，弃之不用的堰塘周围水草葱郁，夏日里蛙鸣声声，冬日里冻冰一片静寂。

一年之后的一个冬夜，有人踏着月光回村，经过堰塘时听到堰塘里有扑腾声，大着胆子，捡起石块投掷过去，冰块哗啦破碎一片，堰塘里有影子高高飞起，扑腾声此起彼伏，那人惊得魂飞魄散，连说有鬼。

天亮之后，几个胆大的去堰塘看，水面冰块整齐寂静，什么也没有，可是改日晚上有人说堰塘确实闹鬼，他也亲耳听见了。

一直等到春暖花开，有小孩发现村里的猫整天蹲守在堰塘周围，觉得好生奇怪，直到有一天，一个孩子发现自家的猫噙了一条一尺来长的鲤鱼，才发现堰塘平静的水面下边满是活蹦乱跳的鱼！

堰塘平白无故出现这么多鱼，村人皆以为神奇，一时争相去看，最后细想，才得知大概因两年前六婆婆的儿子在堰塘放生过十多条鱼。其时六婆婆斯人已去，大家感念老人一生为人厚道，便说这些鱼是六婆婆给村子留下的念想，于是有人干脆把堰塘和村前的小河接通，水流潺湲，堰塘一时也成为我们小孩子的乐园。

现在回想起来，觉得那些乡下的鱼还是蛮幸福的。

瀛湖问鱼

向鱼问水，向马问路，向佛打听我前生的出处，而我，我曾是疼在谁心头的一抔尘土？我曾是谁眼里的一滴泪？

三毛说，如果有来生，她要做一棵树，站成永恒。没有悲欢的姿势，一半在尘土里安详，一半在风里飞扬；一半散落阴凉，一半沐浴阳光。非常沉默、非常骄傲，从不依靠、从不寻找。

而我只想做一条瀛湖里的鱼，不言不语，不声不响，安静来去，与流水相欢，一尘不染；与山水对望，物我相融。

彼泽之陂，烟霞翠薇。

也因为我笃信，鱼的记忆只有 7 秒，所以快乐稍纵即逝，烦恼亦是蜻蜓点水；所以无所谓喜，也无所谓忧。鱼在水中游摆，既不为了追逐什么快乐，也不为了摆脱什么烦恼，只要生命一息尚存，就摇尾而游，不追念前世甘苦，也不奢求来世幸福。

我常常痴想，假如我就是一条瀛湖的鱼，我的倾情一跃是否是为了前世那未竟的情缘？

那日我经流水古镇沿瀛湖归家，途中便见有渔夫网鱼。一些鲜活的鱼，活泼地在渔网里蹦跳，于是我牵了儿子的手，走近了去看，许多鱼拥挤在一起，连我也感觉自己呼吸得不畅，恍惚之间，仿佛自己便是那被网住的鱼，在尘世的网里，一呼一吸。

　　"可以买吗？"我问。

　　问的时候，心里已然是在思量着回家是煎，是炸，是白煮，还是红烧，仿佛那鱼已在我砧板上了。

　　"当然可以买。"于是我买了四条，两条鲤鱼，两条鳜鱼。

　　山好，水好，鱼更好，山水和鱼一样新鲜且清新得令人倾心。我不忍马上归去，更不忍那鱼在无水拥挤的小袋子里相濡以沫，于是又巴巴地央司机开车走了好远，买了个大号的水桶来，接了些水，好让鱼不至于渴死闷死。不让它们渴死闷死，究竟是怜惜这小生命呢，还是为了吃的时候味道更鲜美？而且，对于小孩子来说，看着活生生的鱼在自己的手上呼吸衰竭而死，总是一件残酷的事情。向来杀戮、血腥以及死亡，总是一个母亲千方百计要在年幼的儿女面前遮掩的不好的事情，所有的母亲都希望儿女的人生道路上一路盛开鲜花，于我，更是从来都不忍心让儿子看见我在厨房里干的"勾当"。儿子享受美味的时候，我往往在他问菜是如何变成这个样子的时候顾左右而言他。

　　鱼便是在那绿色的塑料桶里了，他们的命运是可以预见的不归路。

　　风景绝美，水草柔软嫩绿，仿佛玉石被晃荡在蓝灰色的古井里一般，透出些不甚真实的美。远山近水微波荡漾，水天相接，天地如此从容，如此寂寥，安静得令人几乎窒息。我不知道还有多少鱼尚未被渔网捞起，依然在云天之下的碧水里从容安闲地悠游呼吸。

隔着尘世的重山静水，我清楚地知道瀛湖是我不能长久驻留的他乡，我在来时也已经知道归去的时间和必然到来的别离。在公路的一旁，我满怀惆怅地看着朋友们发动汽车，想要再次触摸湖水的温凉柔腻，于是我和儿子提了那桶，想再次为那四条鱼添上他们生命中最后的那捧故乡的水。

一条鱼，在我们没有任何预感的情况下，忽然一跃。

鱼跳走了！我看着鱼逃走，在湖水的庇护下不见了。

从它们一起被放入桶中，它们一直安静地待着，难道它逃亡的计划竟是有预谋的吗？我正想着的时候，又一条鱼高高地跃起，追随着前一条鱼而去。

它们也许是父子，也许是以前从未谋面的朋友，也许是母子，也许是父女……但我们一路同行的朋友却认定它们是一对情侣，大家异口同声地嚷嚷着："哎呀呀，它们定是私奔了！"

它们搭乘了我们的车从流水古镇一路相随相伴，除了爱情，恐怕没有其他的情感可以如此热烈，也可能只有在这样热烈的情感的蛊惑下，他们才可以拼尽全力来完成生命中最华美的一跃，从安于杀戮和任人刀俎的命运中逃离，众目睽睽中向那自由和快乐、爱和幸福的江湖决绝而去！

它们有着我永远不能企及的对于自由和爱的勇气，它们有着我永远不能付诸行动的敢于为了自由和爱而拼尽所有力量，决绝地向那生命中的江湖跃然跳逃的决心！在两条私奔的鱼面前，我充满了身为人类的哀伤。

我的闺蜜曾经非常伤感地告诉我，在我们所居住的这条江河的某处，曾经有她深深暗恋的男子。我所能想象的是，我们作为女性，是怎样于枕畔，于黑暗中，用一支虚拟的笔在想象中书写那思念的文字，而在每一个白昼来临之后又若无其事地行走在千人一面的城市。我们都在自己的孤独中戴着面具隐忍苟活，我们在车水马龙中按照既定的秩序和规则安全行走，却任本能的欲念如潮水旖旎起落，任由生命活着却形同死去。我们有着太多的思量和顾虑，没有办法挣脱牢笼。我承认我和她一样，我们远不如在深海里独自悠游的一尾鱼。

做一条翻腾于深蓝湖水里的鱼，应该更自由更幸福吧？

世间有很多女子，终其一生，都生活在暗恋中，没有倾诉的勇气，更遑论奔向意中人表白的行动力。在深夜的网络上，在秘密聊天室，隐匿着那么多身着各色马甲的女子，那么多在黑暗中失眠的女子，那么多只有在陌生人面前才能够卸下盔甲和面具的女子，她们都有自己难以言说、痛彻心扉的秘密。她们和我一样，缺失那两条鱼的勇气和力量，我们是如此怯懦，听凭命运的河流、光阴的山水把梦想的远方和自己隔离，从此渐行渐远。我们始终在那张由世俗标准评判织就的尘网里，用沉默做铠甲，在一呼一吸间，虚弱到不能言语，在时光荏苒中，不知道如何展示真正的自我。

在午夜，在万籁俱寂中，我不断地怀想起那两条逃脱了世俗之网的鱼，我对自己身为女性的懦弱充满了绝望。我嫉妒那两条私奔到瀛湖的鱼，我在嫉妒的罅隙里不知不觉间泪水淌湿发梢，淌湿枕头。我嫉妒这样两条鱼：它们拥有冲破既定牢笼的力量，以及决绝的行动力和勇气。

我对这样两条敢于摆脱命运羁绊的鱼充满无限敬仰。

我祝福它们在作为鱼的漫长或短暂的一生中，能在幸福的湖水中从此相伴，从容安详。我更相信，从此之后，它们定然已经获得了逃避再次被网住、被捕捉的能力，在碧水蓝天的江湖里自由自在，无忧亦无虑，从此相伴清风明月与共。

钉钉在线，我师我行

在电影《阿甘正传》中有一句话："人生就像一盒巧克力，你永远都不知道下一刻你会拿到什么。"2020年春节以后，为了应对新冠肺炎疫情，教育局要求我们"停课不停学"，积极开展在线教育活动，充分利用网络资源的优势，积极有效地开展在线辅导，配合家长指导学生做好在家期间的正常教学活动，规律复习，做好学生的情绪引导，激励学生奋发图强，在非常之时，与国同步共克时艰，不荒废光阴，给学生吃一颗"定心丸"，在不确定的时间里做好"确定"的自己，培养学生宁静致远的目标意识，不随便外出，不给政府添乱，对于保障开学后正常的教育教学秩序和维护社会稳定的意义重大。

那么我该怎么开展线上教学呢？

当我看见学校办公微信群通知大家下载钉钉，电教中心的老师们指导大家准备开展在线直播的指引时，我有点担心自己。每个班级都有个QQ群和微信群，我经常用来跟进学生每天的朗读和作业，随时和学生沟通。可是，在线直播，我可从来没有做过，心里直犯怵。不过，因为有过给学生通过视频指导学习的经验，我想着，不会，那就赶紧学呀。

于是，下载钉钉，在网上查找各个窗口的使用方法和技巧，一步步来。可是怎么实践呢？我总不能拿学生当开学第一课的实验对象呀，凡事预则立，不预则废，我可不想开学第一课就出师不利。为了实验直播的效果，尽早调试好我的电脑音频和视频，我向自己的亲友群发送钉钉好友请求，建立了一个"家庭办公直播试验田"，把他们请来我的直播间客串我的学生。

经过和老公、儿子、哥哥几个人的直播互动，我调试了声音，调整好麦，可是发现讲课演示 PPT 的时候，没办法在讲解的过程中利用鼠标灵活地画出重点知识，这可怎么办？还是在网上问问吧。有人建议买一个凯卓 Kamvas Pro 22 数位屏来解决，我急忙下单，并加运费叮嘱卖家发顺丰，卖家也非常理解我在线直播的急切需要，第三天就到货。

虽然有了在亲友群直播的经验，但一想到第二天早上的英语课，我心里还是没底。我反复练习第二天需要直播的内容，仔细检查调整自己说话的语速和语调，又去搜视频，看看别人直播的画风，越看心里越没底。我躺在床上，就是睡不着。这一夜，我一会儿梦见自己匆匆忙忙赶着去教室上课，可是有很多楼梯，听着上课的铃声响了，我就是找不见自己的教室。等到我终于气喘吁吁地走进教室，却发现粉笔怎么也无法在黑板上清晰地书写，而且此时教室的后面还坐着检查开学第一课课堂情况的领导。

梦里的我，急得满头大汗，但是我凭着自己十几年的教学经验，急中生智，干脆没有用粉笔，用一段优美的英文美文朗读掩饰了自己的窘境。

2月10号上午10点，按照学校既定的课程安排计划，我准备了一首英文诗歌欣赏，并且从这首英文诗歌引申开来，和学生在直播间就疫情期间我们作为学生应该肩负什么样的责任和义务，并且就新学期的英语学习计划和教材单元话题及学习方法和学生进行了交流，随后我上传了一段简单的英语对话音频，要求学生听后朗读打卡，并且结合第一单元的学习内容，布置他们观看电影《127小时》，理解课文的故事背景。

第一节课刚结束，我的电话就响了，是班主任的电话。她说课上得挺好呀，问我是用手机直播还是电脑做的屏幕分享。我说我们家里两个要上直播课的，还有一个高中生上网课，我担心网络卡顿，所以就用手机流量直播。

不一会儿，群里发来孩子们的朗读音频和点赞数据，哈，第一次直播虽然不是很流畅，却给了我信心，我相信经过努力和调整，我会很快适应这种特殊情况下的上课方式。

钉钉在线，我师我行！这一次赶鸭子上架，使我明白，学习应该是每个人终身都具备的能力。为了更好地服务于社会，尽到身为教师的职责，无论何时，我们应该始终拥有探索新科技的欲望，拥有接纳新的教学方式的勇气，要勇于面对新的挑战，因为你能确定的唯一不变的就是不断的变化。

"蓁园"的植物图谱
——我和新式教育的故事

每一届新生入校，对我来说都仿佛开始了一段新的征程，每一个活泼青春的面孔，都带给我认识新朋友的欢喜。

随着教学阅历的丰富，我对生命、对教学的感悟和理解也越来越充满一种静待花开的从容。新的教育理念告诉我，一定要尊重每一个孩子，尊重和体察每一个鲜活的生命，就像赞可夫所说的那样：当教师把每一个学生都理解为他是一个具有个人特点的、有志向、有智慧的人的时候，才能有助于教师去热爱儿童和尊重儿童。

接纳新生的欣喜也伴随着压力和挑战。我该如何尽快地了解这五十四个鲜活而蓬勃的生命内在的心灵世界，给他们建造一个具有鲜明特色的班级，让他们磨砺意志、追求知识、锤炼本领、涵养德行、开阔胸襟，让他们在这个共同的家园里收获成长的幸福、快乐和感动，给他们留下难以忘怀的青春成长印记？

（一）"蓁园"诞生了！

在新生军训的间隙里，突然听见一个孩子大声喊"贱人"，旁边的孩子哄堂大笑，在孩子们的笑声中，一个孩子红着脸，给了那个叫他名字的孩子一拳头。原来，这个孩子名字叫作李见仁，他的伙伴是和他小学一起六年的同班同学，所以才会无所顾忌地给他取外号。

看着这个孩子在新同学面前被叫绰号的窘迫样子，我灵机一动：我何不借着军训休息期间的古诗词背诵接龙比赛，来给他们每个人一个雅致而富有特别寓意的"字号"呢？像古代的文人志士那样，比如苏轼号"东坡居士"，李白号"青莲居士"，白居易自称"香山居士"，范成大自号"石湖居士"，李清照号"易安居士"……文质彬彬，内秀润玉之性，外修儒雅之风。

站在孩子们的队伍里，看着这些可爱的孩子们纯真明媚的笑脸，我仿佛置身于一片洋溢着勃勃生机的热土，仿佛置身于桃花、李花绽放的春天，看着他们在跑道上如旋风般飞奔而过的身影，我分明感受到生命的无限美好，仿佛听到生命拔节的脆响，听到千叶万花心无结缔地交谈的快乐。

我该如何给他们一个新学年的起点，一个全新的开始，一个承载着生命得以健康文明成长的乐园？

这个乐园应该像一个郁郁葱葱的森林王国一样，有序竞争而又和谐共处，互相支持，互相影响，彼此共生，一起成长。

我希望这些孩子，在未来的广阔天地里大有可为，拥有诗意的苍穹和湖海，拥有建设一个未来强国的强劲意志力，无论未来迎接他们的现实如何风雨如晦，少年君子依然能够永葆赤子之心、肩负家国理想。

我把自己的想法和同学们一说，大家都非常欣喜，然后我们有了一个经过大家商议确定的班级"蓁园"。"莽莽蓁蓁"，充满生机的一个家园，每一个同学都像一株茁壮成长的植物，拥有不同的习性，拥有自己独特的优点。每个同学选择一个自己欣赏的植物作为自己的名号，男生可以选择树木类，女生可以选择花朵类，大家像一株静美的植物那样，积极吸取阳光和养分，为这世界提供氧气和阴凉。

（二）"蓁园"的植物图谱

同学们制定了选择"名号"的方案，如果有两人选择一样的植物或者花卉，就由大家根据本人的性格、出生月份和个人形象来进行举手表决，举手表决未能决定的，由大家抽签或者"石头剪子布"来决定。

没想到，集体的智慧无穷。在接下来的一周里，同学们搜索各种植物的习性和名称，我没想到，为了让自己拥有一个诗意的"名号"，同学们脑洞大开。

经过认真而充分的筛选，表决和抽签，孩子们每个人都拥有了一个充满诗意的植物"名号"。

暗号暗语可以沟通关系。从此，同学之间文质彬彬地称呼：荆樱君、丹桂君、远志君、紫苏君、含笑花、墨梅君、忘忧草、含羞草、薰衣草、天竺葵、荇菜、紫云英、三色堇、迷迭香、杜英、流苏君、郁金香、紫罗兰、文殊兰、夏兰君、石竹君、建兰君、铃兰君、岩桐君、忍冬君、君子兰、丁香君、曼陀罗、辛夷君、杜若君、银杏君、白杨君、墨竹君、青竹君、胡杨君、仙灵芝、剑兰君、甘棠君、高榕君、苏铁君、朴树君、翠柏君、青杨君、紫荆君、朱槿君、苏铁君、冬青君、雪松君、国槐君、杜衡君、菩提君、棕榈君、红枫君、红松君、蓝桉君、冷杉君。

（三）分享自己"植物名号"的诗词和传说

当我看着同学们之间互相文绉绉地戏称对方的"名号"时，我意识到他们并没有把自己的精神和自己所热爱的植物联系起来。

休息期间，我为大家朗诵一首"墨梅"，班级的"墨梅君"立即抿着嘴唇认真地看着我，我看得出她极力压制着的兴奋和害羞。

> 画师不作粉脂面，
> 却恐傍人嫌我直。
> 相逢莫道不相识，
> 夏馥从来琢玉人。

我简单介绍了这首诗的含义，然后走过去说："墨梅君，相逢莫道不相识，以后路上遇见老师，可一定要打招呼哦。"

然后我问大家还记得哪些描写梅花的古诗词，大家一时纷纷朗诵起来：

　　江梅 [宋] 王十朋
　　园林尽摇落，冰雪独相宜。
　　预报春消息，花中第一枝。

　　寒夜 [宋] 杜耒
　　寒夜客来茶当酒，竹炉汤沸火初红。
　　寻常一样窗前月，才有梅花便不同。

　　墨梅 [元] 王冕
　　我家洗砚池头树，朵朵花开淡墨痕。
　　不要人夸好颜色，只留清气满乾坤。

　　白梅 [元] 王冕
　　冰雪林中著此身，不同桃李混芳尘。
　　忽然一夜清香发，散作乾坤万里春。

　　突然，"墨梅君"举起手来说："我还记得一首。"

　　题画墨梅 [元] 吴莱
　　北风吹倒人，古木化为铁。

一花天下春，万里江南雪。

这首咏梅的诗非常冷僻，我很惊讶她能够流利地朗诵出来，而且诠释了诗歌的含义。大家纷纷鼓掌，我也夸奖她。她不好意思地说，因为自己号"墨梅"，所以回家搜索了关于梅花的诗词。我给她点赞，在后面的学习中，我就用梅花坚韧顽强的精神鼓励她努力进取，敢为人先。这个孩子一直对自己要求严格，真的越来越像一株自带芬芳的墨梅。

我在班级开辟了一处专栏，让大家在自己的"名号"下面制作自己的班级名片，标注自己的生日和联系电话，以及用和自己的植物名号有关的一句话来鼓励自己。

大家纷纷查阅资料，凡是和自己植物"名号"有关的诗文都抄写下来，对比，甄选。

无意之间，班级开始了一次植物大科普。

（四）了解植物的习性，获知他们成长的秘密

趁着大家的热度不减，我赶紧向大家卖弄我对于植物一知半解的知识：作为一个文艺女青年，我熟知每一种花的"花语"。

薰衣草花语:安静中等待，是纯洁、清新、和平和感恩的象征，隐藏着一种对生命积极安稳的态度。

郁金香花语：意味着奉献、友爱、慈善、祝福、永恒的友谊和祝福，对名誉的珍爱，无瑕的美丽。

风信子花语：是胜利、竞技、喜悦、幸福和生命的象征，意味着告别一切苦难和不幸，勇敢地开始新的目标，不断进取，争取最后的成功。

……

我不会告诉我的学生，我也是临阵磨枪现学现卖。我让孩子们在自我介绍的班会上介绍自己的植物"名号"和寓意，向大家说明自己的植物"名号"有什么特殊的含义，有什么值得自己学习的精神。

自我介绍的班会不再像以前那样只是简单地介绍自己的姓名和爱好。这一次，上来进行自我介绍的同学不再担心自己无话可说了，孩子们不但锻炼了语言表达能力，同时也让大家记住了一些特殊的植物，一些来自诗经里的植物更是引起大家的兴趣。对于这群生活在城市的孩子来说，饶有兴致地认识了大自然里许多奇妙的植物，连我也觉得受益匪浅。

我按照孩子们的班级"名片"，在手机里一一标注上他们的生日。感谢新科技，让我得以准确记起每一个孩子的生日，每一次，一句简单鼓励的话语，一份并不昂贵的小小蛋挞，班级同唱一首生日快乐，"蓁园"就像一个温馨的家，每一个孩子，都开始悄悄打听，亲爱的老班，您的生日是什么时候呢……

呵呵，这一帮可爱的小鬼！

（五）向植物学习

"原本山川，极命草木"。向植物学习，学习植物的沉静和安宁，学习植物的坚持和涵养，学习植物在成长为一株强大、茂盛、葳蕤的大树之前漫长的蛰伏，学习植物向大地深处扎根、静待花开的耐心，学习植物的静气和大气：猝然临之而不惊，无故加之而不怒。

向一株植物学习。学习植物的独立和坚持，植物从不乞求，从不屈服。无论一株植物置身何处，无论风，无论雨，无论黑夜，它都根植于大地深处，不为外界的喧嚣而动摇自己的信念："苔花如小米，也学牡丹开。"自强不息、拼尽全力，从不放弃、努力向上，踏实扎根。

一株植物从不进行自我标榜、自我吹嘘，他们只是努力竞争，扎根泥土深处。想要成为一株能够给世界带来阴凉的大树或者吐露芬芳的鲜花，需要时间的积累，需要对抗风霜雨雪的意志，需要一刻不停地吸取养分、吸取雨露和阳光，需要不断向上生长的进取心。成长是一个缓慢的过程。

学习植物的格局。欲成大树，不与草争。学习植物如何对待外部不断变化的一切。无论春来江水喧嚣，夏日流光似火，一株植物，总是能够静定从容、端庄静美，不慌张、不急躁，不卑不亢、不声不响，一日日汲取阳光和雨水，把根一点点向更深处延伸，让生命顽强地迸发出惊艳的绿色和芬芳。

在人类未曾出现之前，植物已经在地球上生活了二十多亿年。是植物供养了动物以及人类。

自此，同学们对校园里的一草一木都自觉爱护。我分明感觉到在"葳园"的内部生发的力量，一种内在的力量：同学们之间因为鸡毛蒜皮的事情打闹和扯皮的事情越来越少，班级纪律和卫生也保持得很好，作业工整，字迹干净整洁。

有孩子问可不可以把自己最喜欢的植物带来教室里养。

我心里简直要乐坏了！假装很大度地说，谁带来的植物宝贝谁负责养护看管哦。

哈哈，一个被绿色植被所环绕的教室出现了，真是赏心悦目！

同事们总是说，你每次就是运气好，接手的班级娃子都那么听话、省心。

我笑而不语。当一个孩子开始向植物学习对待生活的态度，向一株植物一样对待学习和生命，朝着内心深处那个向往美好的、诗意的自己靠近，我只需要带着鼓励和欣赏的眼神，亲切而欣喜地呼唤他们的植物"名号"。

这算不算是一种诗意的教育呢？

我只是觉得，我总是情不自禁地想要来到我们的"蓁园"里！

孩子们也一样，每到寒假，总是催问，怎么还不开学呢？

（六）寄语未来：致"蓁园"里的每一个亲爱的你们

不知不觉，六年过去。

燕子回时，偶尔记得曾经的他们。

天南海北的孩子们，曾经在"蓁园"里朝夕相处的"植物们"——荆樱君、丹桂君、远志君、紫苏君、含笑花、墨梅君、忘忧草、含羞草、薰衣草、天竺葵、荇菜、紫云英……你们好吗？

一日快递员打电话叫我去取快递，我很惊诧自己并未在网上买过东西。但是快递员坚持说上面写着我的电话和住址。取回来，打开看，是一壶古色古香的琼州杨梅酒，酒香扑鼻。

木质的酒盒子里躺着一枚贺卡：

师生之谊，如月之恒，如日之升。如南山之寿，不骞不崩。如松柏之茂，无不尔或承。

师友之情，因德成邻，瞻彼淇奥，绿竹猗猗，白首如新，倾盖如故，风雨如晦，鸡鸣不已。

青竹君致敬老师并问好。

附以琼州杨梅酒一壶，以酒与老师和光同尘，与时舒卷。

翻开"蓁园"的植物图谱，看着诸多"植物"的画像和他们的生日，微笑向暖，安之若素。

"桃之夭夭，其叶蓁蓁"。愿他们一生拥有清风明月般的自由，心胸如江河湖海般辽阔，心怀诗意的苍穹和大海，也能学会像植物一般的独处，于家于国，都能够做到既可以仰望星空，也能够根植大地。

莽莽榛榛。我祝愿"蓁园"里的每一株植物都能够被这世界温柔以待，祝愿他们一直成长，或成参天栋梁为世界洒下阴凉，或成佳卉吐露芬芳。

因为我对这片土地爱得深沉

时光飞逝，日月如梭，弹指一挥间，我的从教生涯也将满二十年了。曾几何时，有人问我："你真的就那么喜欢当一位清贫的老师吗？"我的回答是肯定的。因为我爱讲台下那一张张纯稚的笑脸，我爱教室里那一双双求知的眼睛，我爱校园的跑道上如旋风般飞奔而过的青春的生命，我爱我所日日行走并耕耘其间的这片热土。我愿意"我的生命在一批又一批孩子们身上延续，我的乐趣在一届又一届孩子身上寻找，我的幸福在一年复一年的工作中获得"。教育是一片洋溢着勃勃生机的热土，每当我置身于孩子们中间，便如同置身于桃花、李花绽放的春天，聆听着他们纯稚的心声，便如同听到千叶万花交谈而快乐。

苏联著名教育家马卡莲柯说过："没有爱便没有教育。"冰心老师也说过："有了爱，才有教育的先机。"曾几何时，我也有过和魏巍笔下的蔡老师一样的经历——手高高举起，却轻轻地落下。因为我担心我不小心给他们的惩罚，会伤害他们敏感的自尊；我

188

担心我的批评，会让他们幼稚的心灵承受太多的负罪感。我希望孩子们能在我的鼓励中找到自信；在我的表扬中学会欣赏；在我的认可中学会自尊自爱；在我的关爱中学会善待他人，善待他所面对的一切。一如曾经懵懂无知的我，正是因了老师的关爱和鼓励才走上今天的讲台。

有人说"爱自己的孩子是人，爱别人的孩子是神"。正是如此，才成就了教师职业的神圣美好，并成为值得每一位教师为之呕心沥血，倾注所有身心而为之奋斗的事业。也正因为对学生无私的爱和对教育事业的热爱，师德才有了出发的方向和回归的精神家园。我越来越明白，既然我无怨无悔地选择了教书育人这份职业，也就意味着选择了一种无法用金钱和名利来衡量自我生命质量的生活方式，意味着让学生的喜怒哀乐占据自己生活的全部；选择投身教育，就意味着自己将永远在寂寞和淡泊中坚持和付出，让每一个平淡的日子都努力盛放出希望和温暖。自己应尽可能地去影响一个孩子树立正确的世界观和人生观，那是对一个教师自灵魂深处的最高嘉奖。

我愿意我所教过的每一个孩子，在他将来可能面对的无数纷繁的选择中，无论其个人境遇如何，都能够依着我当初所要求的，做一个正直的、有利于社会的人，并始终保持着对于阅读和学习的欲望。

我更希望我们的国家能够把重视教育，提高教师待遇的大政国策落到实处，而不因为教师本身所具备的理想主义情怀，便一味地要求教师安贫乐道，把教师的职业幸福绑架在神圣的道德高地上。

如是，我愿意在三尺讲台上，无怨无悔地用自己一颗真诚的心在淡泊中付出所有，我愿意将每一节课的开始都当作一次全新的征途，怀着对学生的爱和希望上路；在三尺讲台上，在教育的这片沃土上，我愿意倾注我的所有，倾注我生命中的每一寸光阴，即使我只有一个"嘶哑的喉咙"，我也应该全力去歌唱。同时，在俗世的、汹涌的、物欲的河流中，我依然对那"来自林间无比温柔的黎明"充满期待，因为我对这片教育沃土爱得深沉。

后记
和那些村庄的树们站在一起

我总是固执地认为全世界所有的村庄都有和我的老家一样的特征：生长着许多的树，各种不同的树。这些树姿态迥异，品种不同，但却是那样和谐而相互依偎地生长在村庄的土地上，众多的花草和四季变化的田园仿佛都只是树们的背景。树们独自静好地生长在村庄里，仿佛和村庄与生俱来，和村庄息息相通。

很多时候，树们只是自由生长，村民们站在树底下聊天、休憩，树们为他们遮阴送爽。春天开花，秋天结果，树们用核桃、樱桃、梨子、李子、桃子、板栗、柿子……给村民们带来生活的慰藉，让鸟儿和村民们一起分享。风吹来山那边的问候，雨水、云雾和阳光让黑夜和白天呈现出不同的样子，也带来宇宙和大地深处的讯息。

每当有孩子出生，孩子的父辈们总是会提前郑重地在房前屋后为他们种下更多的树，有些父辈们还会从遥远的亲朋好友那里寻找不同的树种，在合适的节气里移植下幼苗，然后让它们顺其自然地生长。村庄和大地会替这些孩子照顾好这些树木，等他们长大，再请木匠来挑选其中一部分已经成材的树木，给女孩子们打造装嫁衣和零碎物件的箱箧，给男孩子打造婚床。这些树们从幼时就守护着孩子们成长，并在他们成年之后以新的形式陪伴在孩子们身边。

自父亲和母亲去世之后，我仍常常回到那个被称为"老家"的地方。在那些儿时就长在那里的树们的树荫下，回忆我曾经的点点滴滴。在这里，我在城市的钢铁水泥里行走的疲惫和困惑，都在树们摇曳的身姿、窸窣的声音中被化解于无形。这些树们日复一日见证着发生在它们身边的事情和村人的喜怒哀乐，我怎能放弃书写发生在这片平凡的土地上的故事呢？

我哥哥唐德荣总是鼓励我：你反正也没有其他的特长，就你写的"豆腐块"还可以。我知道这算是他对我最大的褒奖了。他是我很多文章的第一读者，他比我更清楚家乡的那些树们，比我更懂得那些树们的材质和用途。他现在在安康中心医院做眼科医生，他和我一样，深受故乡的树们的启示：做一个有仁心的人。

和村庄的树们站在一起，我向岁月深深鞠躬，向所有途经我生命里的你们致以真挚的感谢。你们让我常常想起那些滋养了我生命的树们，你们和故乡的树们一样无欲无求、静若安澜。

感谢你们。你们就像我生命里的这些树一样，带给我温暖和鼓励；你们就像生长在我生命里的树一样，一直陪伴着我。我一直记着你们的深情厚谊，我深知自己即使是在最深的暗夜、最寒冷的旷野也不会迷失方向，也不会失去对真善美的坚持。你们是我生命中的灯塔，即使在黑夜里，让我也能看清楚自己要去的远方。

因此，我谨以自己浅薄的文字向故乡致敬，向一直以来鼓励和关注我文章的老师们、朋友们和我的家人表示衷心地感谢。本书能够得以顺利出版离不开李春平老师、鄢麒麟校长、姚维荣老师、付长泽先生、王晓芸女士、唐梅女士以及陕西旅游出版社邓云贤女士等良师益友的鼎力帮助，在此向他们致以诚挚的感谢。